Und hätte der Liebe nicht...

Pour Guillaume

AF191571

Juergen von Rehberg

Und hätte der Liebe nicht...

Pour Guillaume

*Bibliografische Information der Deutschen National-
bibliothek:*
*Die Deutsche Nationalbibliothek verzeichnet diese
Publikation in der Deutschen Nationalbibliografie; de-
taillierte bibliografische Daten sind im Internet über
http://dnb.dnb.de abrufbar.*

*Herstellung und Verlag: BoD – Books on Demand,
Norderstedt*

ISBN: 978-3-7583-0876-5

Sandrine Renard stand am offenen Fenster und lächelte. Es war ein zufriedenes Lächeln. Sie blickte hinüber zu den steinernen Zeugen der Vergänglichkeit und schickte einen liebevollen Gruß dorthin.

Er galt ihrem Gatten Guillaume, den sie vor ein paar Wochen auf den Cimetière de Passy[1] umbetten ließ, der quasi vor ihren Füßen lag.

Sandrine hatte das Haus, in dem sie fast dreißig Jahre lang mit ihrem Guillaume glücklich war, verkauft und eine Wohnung in der Av. Paul Doumer erworben.

Der Grund, warum sie diese Wohnung so günstig kaufen konnte, obwohl die Preise in Paris exorbitant waren, lag wohl darin, dass Teile der Wohnung zur Straße hin angeordnet lagen, und dass die Fenster der Zimmer einen Blick auf den nahe gelegenen Friedhof freigaben, was nicht jedermanns Sache ist.

Interessenten schraken davor zurück, und selbst der Blick aus den hinteren Zimmern auf den Eiffelturm weit dahinter vermochten die potenziellen Käufer nicht zu animieren, einem Kauf zuzustimmen.

Als Sandrine davon hörte, keimte augenblicklich die Idee in ihr, besagte Wohnung zu erwerben. Und als sie mit dem Verkäufer über einen erschwinglichen Kaufpreis einig wurde, stimmte sie ohne zu zögern zu. Es blieb sogar noch so viel Geld übrig, um ihren geliebten Guillaume von seiner Ruhestätte auf dem Land hierher in die Stadt zu holen.

---

[1] *Friedhof in Paris*

Jetzt konnte sie ihn an jedem Morgen von ihrem Fenster aus begrüßen, und ihm vor dem Schlafengehen eine gute Nacht wünschen.

*****

Limours im Département Essonne ist heute eine Gemeinde mit ca. 7000 Einwohnern, und liegt in der Region Île-de-France. Nach Paris sind es 40 bis 60 km, je nachdem, welche Strecke man wählt.

Als Sandrine Flaubert dort aufwuchs, hatte Limours keine 2000 Einwohner, und jeder kannte jeden. Ihr Vater Jules arbeitete in der Fabrik für Landmaschinen, Hugo Renard SARL[2]. Die Mutter Rosalie war Hausfrau und half gelegentlich in der Villa Renard, wenn größere Festivitäten ausgerichtet wurden.

Hugo Renard war recht wohlhabend, und er ernährte mit seiner Fabrik einen Großteil der männlichen Bevölkerung von Limours.

Guillaume, sein Sohn, ging mit Sandrine Flaubert, in die École élémentaire[3], wo sie sich sehr schnell anfreundeten.

Beide waren Einzelkinder aus verschiedenen Welten, was jedoch im Schutzraum ihres Kindseins keine Rolle spielte.

---

[2] *SARL - Société à responsabilité limitée (franz. Gmbh)*
[3] *Grundschule*

Sandrine war ein Wildfang. Die Sommersprossen auf ihrer Nase verliehen ihr einen Hauch von Verwegenheit und Abenteuerlust.

Ganz im Gegensatz dazu Guillaume. Wohlerzogen, ruhig, ein wenig scheu, nicht aber ohne eine Portion Neugier. Eine kleine Portion – wohlgemerkt.

Die Prédecelle ist ein kleines Flüsschen, das auf seiner Reise zur Rémarde, der größeren Schwester, auch an Limours vorbeischaut.

Sie war auch der Spielplatz für die Kinder. So auch für Sandrine und Guillaume. Im Sommer verbrachten sie dort die meiste Zeit des Tages.

Sandrine wurde aufgrund ihrer Sommersprossen immer wieder Opfer für Spötteleien. Während sie darüber lachte, bekämpfte Guillaume die Spötter. Das ergab hie und da auch schon einmal eine blutige Nase, nicht zuletzt auch für ihn.

Guillaume folgte Sandrine auf Schritt und Tritt, und Sandrine schien es zu genießen. Es amüsierte sie, wie Guillaume für sie eintrat, und sie verlieh ihm dafür sogar einen Orden, indem sie ihn „Ritter Toutou"[4] nannte, weil er nie von ihrer Seite wich.

Und genau so sah sich Guillaume auch: als Beschützer und Ritter für die Angebetete. Auch er hatte einen

---

[4] *Toutou – kindhafte Bezeichnung für ein kleines Hündchen*

Kosenamen für Sandrine, den er jedoch niemals auszusprechen wagte: Bijou.[5]

Manchmal brachte Sandrine ihren „Toutou" auch mit nach Hause. Dann gab es Kakao und Brot mit selbst gemachter Marmelade von Maman Flaubert.

Guillaume hätte Sandrine auch gern mit sich nach Hause mitgenommen, aber das wollte Madame Flaubert nicht.

Mit den Worten *„wir gehören dort nicht hin"* legte sie ihrer Tochter nahe, es nicht zu tun, und Sandrine nahm sich die Worte der Mutter zu Herzen.

Sandrine und Guillaume verbrachten nach der Grundschule noch weitere vier Jahre gemeinsam im Collège[6].

In dieser Zeit drängte sich ein Junge, der mit seiner Familie zugezogen war, zwischen „Toutou" und „Bijou". Er hieß Armand Leconte und war zwei Jahre älter.

Sein Vater, Pascale Armand, arbeitete als Verwalter in der Firma von Guillaumes Eltern und hatte sich sehr schnell in das gesellschaftliche Leben der Familie eingelebt.

Armand war das krasse Gegenteil zu Guillaume. Forsch, selbstbewusst und zu allem Übel auch noch sehr schön und gut gebaut.

---

[5] *Kleinod, Juwel*
[6] *Gesamtschule*

Er wurde in kürzester Zeit der Platzhirsch und zum Schwarm aller Mädchen. Zu Guillaumes Unverständnis gab sich seine Angebetete und aus tiefstem Herzen bewunderte „Bijou" dem Charme dieses Eindringlings hin.

Und zum ersten Mal in seinem Leben fühlte er einen Schmerz, den er bisher nicht kannte, und den die Erwachsenen „Liebesschmerz" nennen.

Die Pubertät hatte bei den jungen Menschen in Limours Einzug gehalten. Die jungen Knospen bei den Mädchen begannen zu sprießen und hoben sich schon deutlich erkennbar unter den Blusen ab, und bei den Burschen erwachte der zarte Flaum eines beginnenden Bartwuchses.

Was bei den Mädchen hinzukam, war eine weniger angenehme Erscheinung, welche die eintretende Gebärfähigkeit dokumentierte. Und bei den Burschen sorgte der Stimmbruch für gelegentliche Erheiterungen.

So vergingen Sommer um Sommer, die sich einer wie der andere freudlos für Guillaume anfühlten und für Sandrine voller Erfüllung waren.

Die Beziehung zwischen Armand und Sandrine erlosch schon sehr bald. Armand hatte sich einer anderen Mitschülerin zugewandt, die etwas älter als er war und auf einem sexuellen Level, den zu erreichen, Armand erstrebenswert erschien.

Nur wenig später wechselte Armand zu einem Lycée[7] nach Paris.

Sandrine und Guillaume befanden sich in einer verzwickten Lage. Während Guillaume bereit gewesen wäre, die „Abtrünnige" wieder in seinem Herzen aufzunehmen, hinderte der verletzte Stolz von Sandrine sie daran, ihren Irrtum einzugestehen und sich reumütig ihrem „Toutou" zuzuwenden.

So lebten die beiden Freunde, denn so betrachteten sie sich schon noch, nebeneinander her, und schenkten sich ab und zu ein kleines Lächeln.

Als Guillaume zu dem renommierten „Lycée Henri IV" wechselte, an welchem schon Jean-Paul Sartre und der spätere französische Staatspräsident Emmanuel Macron ihre Schulzeit fristeten, trennten sich ihre Wege endgültig.

Sandrine mache ihr Collège fertig und begann dann eine Lehre als Pâtissière. Sie folgte damit einer Leidenschaft, die sie schon als kleines Kind bei ihrer Mutter abgeschaut hatte.

Sowohl Sandrine als auch Guillaume lebten beide in Paris, jedoch in verschiedenen Arrondissements[8]. Der Zufall ließ es dennoch nicht zu, dass sie aufeinandertrafen.

---

[7] *Gymnasium*
[8] *Stadtbezirke*

Als Guillaume sein „Bac"[9] in der Tasche hatte, inskribierte er an der Sorbonne[10], um Medizin zu studieren.

*****

Sandrine ging in ihrer Arbeit völlig auf. Sie erlernte ihre Fähigkeiten bei diversen Ausbildern in den besten Schulen, wie in der „École Alain Ducasse" und im „Ritz Escoffier".

Ihr erster großer Erfolg war, dass sie als Mitglied der französischen Mannschaft beim „Championnat du Chocolat" teilnehmen durfte, bei dem Chocolatiers aus ganz Europa teilnahmen.

Wenn es auch nicht für einen Spitzenplatz ausreichte, so war es doch ein unvergessliches Erlebnis.

Ihre ganz große Liebe galt jedoch der Herstellung von Torten. In Paul Meurisse, dem „Tortenpapst von Paris" fand sie den perfekten Lehrmeister, der in ihr den Rohdiamanten erkannte, aus dem etwas ganz Großes werden konnte.

Unter seiner Ägide stieg sie in Höhen der Pâtisserie auf, von denen sie nie zu träumen gewagt hätte.

---

[9] *Kurz für Baccalauréat (Abitur/Matura)*
[10] *Universität in Paris*

Als sie bei einem Wettbewerb ihre Création „Surprise"[11] vorstellte, gewann sie mit großem Vorsprung den ersten Preis, den ihr Mentor, Paul Meurisse mit den Worten dokumentierte:

„Diese Création ist zwar eine <Surprise> und wurde von ihrer Schöpferin auch so genannt, aber ich nenne sie <Gâteau Sandrine>."[12]

Das Publikum, sowie die Damen und Herren der Jury applaudierten heftig als Zeichen ihrer Zustimmung.

Sandrine empfand eine große Verlegenheit, die noch zunahm, als ihr der große Meister beide Wangen küsste.

Es dauerte eine ganze Weile, bis sie die Freude und Glückseligkeit zulassen konnte, die an ihr Herz klopften.

Die „Gâteau Sandrine" machte Sandrine im ganzen Land bekannt und darüber hinaus. Sie zierte das Cover von Fachzeitschriften und wurde zum Liebling von so manchen Prominenten. Und sie wurde zum Türöffner. Sandrine musste nur noch durch sie hindurchgehen…

*****

---

[11] *Überraschung*
[12] *Sandrine-Torte*

Guillaumes Studium kam gut voran. Er lebte in einer kleinen Wohngemeinschaft in fußläufiger Nähe zur Universität. Sie waren zu fünft, drei Burschen und zwei Mädchen.

Chantal, eine der zwei Mitbewohnerinnen, hatte ein Auge auf Guillaume geworfen. Guillaume, der in ihr bisher nur die Mitbewohnerin gesehen hatte, war überrascht, als sie ihn eines Nachts in seinem Zimmer besuchte.

Guillaume versuchte sich noch gegen die eindeutigen Avancen zu wehren, erlag aber am Ende seiner urplötzlich, wild aufflammenden Erregung.

Und so wie Chantal gekommen war, verschwand sie auch wieder. Zurück blieb ein Mann, der nicht begreifen konnte, was gerade geschehen war.

Chantal war eine wunderschöne Frau, ausgestattet mit einer Figur, welcher die Männer schon gern einmal hinterherpfiffen.

Der nächtliche Vorgang wiederholte sich in den darauffolgenden Nächten immer wieder, und Guillaume fand Gefallen daran, vermittelten ihm diese sexuellen Rendezvous doch das Gefühl, ein ganzer Mann zu sein.

Dieses Gefühl, an dem er schon so oft gezweifelt hatte, ließen ihn – auch während des sexuellen Akts – an Sandrine denken, die er noch immer tief in seinem Herzen trug.

*****

Hugo Renard war außer sich, als er erfuhr, dass sein Sohn Guillaume nicht Ingenieurwesen studierte, sondern Medizin.

Der Firmenchef hatte seinem Sohn einen beträchtlichen monatlichen finanziellen Unterhalt bewilligt, um damit Unterkunft und Unterhalt in Paris zu bewältigen. Aber nicht für ein Medizinstudium.

Emma Renard brauchte sehr viel Überzeugungsarbeit, um ihren Gatten davon abzubringen, die monatliche Unterstützung für den gemeinsamen Sohn und Liebling von Maman zu streichen.

Hinzu kam der äußerst erfolgreiche Studienfortschritt, den Guillaume vorweisen konnte.

Das getrübte Verhältnis zwischen Vater und Sohn war zwar auf ein erträgliches Maß zurückgeführt worden, aber die Sorge und der Schmerz bei Hugo Renard waren geblieben, sah er doch sein Lebenswerk arg gefährdet.

Der 1. August war gekommen und damit der 50. Geburtstag von Hugo Renard. Eine große Feier stand an, und Rosalie Flaubert hatte ihre Tochter gebeten, sie möge für den Jubilar eine Torte backen.

Sandrine weigerte sich zunächst. Sie würde wohl unweigerlich auf Guillaume treffen, und davor hatte sie Angst. Aber Rosalie ließ nicht locker, und schließlich stimmte Sandrine zu.

„Freust du dich nicht, dass du Guillaume treffen wirst?", fragte Rosalie, als Sandrine die „Gâteau Sandrine" mit nach Hause brachte.

Sandrine beantwortete die Frage ihrer Mutter mit einem leichten Schulterzucken.

„Er wird demnächst Vater", fuhr Rosalie fort, *„ich weiß es von Madame Renard."*

Diese Worte trafen Sandrine wie ein Keulenschlag.

„Monsieur Renard weiß es noch nicht. Es soll eine Geburtstagsüberraschung werden."

Sandrine hörte die Worte der Mutter wie durch einen Wattebausch. Das heftige Rauschen in ihren Ohren führte sie in die Nähe einer Ohnmacht.

„Das ist ja wunderbar", sagte Sandrine wie in Trance. Es waren Worte, die sie so nie gedacht hatte.

„Ich bin sehr froh, dass du das gesagt hast, mein Kind", erwiderte Rosalie, *„Vergangenes ist Vergangenes und sollte auch so bleiben."*

„Oui, Maman", erwiderte Sandrine tonlos, und hätte Rosalie in das Gesicht ihrer Tochter geschaut, dann hätte sie die tiefe Traurigkeit darin gesehen, die sich in diesem Moment auf das Gemüt von Sandrine legte.

*****

Eine illustre Gästeschar hatte sich eingefunden, um den Jubilar gebührend zu feiern.

Sandrine überreichte ihre Torte und gratulierte dem Geburtstagskind.

„Du bist ja eine Berühmtheit, liebe Sandrine", bedankte sich Hugo, *„deine Mutter hat mir eine Zeitschrift gezeigt, mit deinem Bild auf der ersten Seite. Sie kann stolz auf dich sein. Anders als bei mir."*

Hugo machte eine kurze Pause, blickte hin zu seinem Sohn und dessen Begleiterin, und wendete sich dann wieder Sandrine zu. Er hielt noch immer ihre Hand.

„Ich habe mir immer gewünscht, dass Guillaume mein Nachfolger wird und du meine Schwiegertochter."

Sandrine erschrak. Was sie da gehört hatte, hätte sie niemals erwartet. Bevor sie noch recht darüber nachdenken konnte, fügt Hugo Renard hinzu:

„Guillaume ist noch nicht einmal ein fertiger Arzt. Und jetzt hat er ein Püppchen an der Backe, die von ihm schwanger ist."

Sandrines Erstaunen wuchs. Sie war froh, als Madame Renard hinzukam und sagte:

„Du musst dich um deine Gäste kümmern, Hugo. Und dann musst du die wunderbare Torte anschneiden, die dir Sandrine gebracht hat."

Sandrine war erleichtert, dass das Gespräch mit Hugo Renard beendet war. Eigentlich war es eher ein Monolog. Ein Herzausschütten eines traurigen Mannes, der eigentlich heiter und froh sein müsste an seinem Ehrentag.

„Hallo Sandrine! Darf ich dir meine Verlobte Chantal vorstellen?"

Guillaume lächelte, als er das sagte.

Chantal Vermont, Kommilitonin von Guillaume Renard und im 4. Monat schwanger, streckte Sandrine die Hand entgegen.

„Sie sind also die Sandkastenliebe von Gii.[13] Haben Sie dort schon das Kuchenbacken gelernt?"

Der versteckte Spott war nicht überhörbar. Guillaume hatte es bemerkt und versuchte, die Situation zu entschärfen.

„Sandrine hat mit ihrer Kunst schon viele Preise gewonnen, und die Torte, die sie meinem Vater mitgebracht hat, trägt sogar ihren Namen."

Sandrine hätte Chantal am liebsten das Grinsen aus dem Gesicht gewischt, als sie sagte:

„Hoffentlich ist sie nicht zu fett. Ich muss schließlich auf meine Figur achten."

---

[13] *Kurzform von Guillaume*

19

„Das wird wohl nur schwer möglich sein in der nächsten Zeit, Madame", erwiderte Sandrine, *„auch ohne Torte."*

Das Grinsen aus Chantals Gesicht wich augenblicklich. Guillaumes Blick wanderte unruhig hin und her.

„Du hast dich überhaupt nicht verändert, Toutou", sagte Sandrine, *„du wirst deinen eigenen Weg wohl nie finden."*

Dann ging sie zu Monsieur und Madame Renard, um sich zu verabschieden.

„Aber du musst doch noch bleiben, bis ich die Torte anschneide", sagte Hugo Renard flehentlich, aber Sandrine erwiderte:

„Das geht leider nicht, Monsieur, ich muss noch zu einem anderen Event. Ich bin schon viel zu spät dran."

Sandrine umarmte ihre Mutter.

„Musst du wirklich schon gehen?", fragte Rosalie und Sandrine antwortete:

„Oui, Maman. Wenn ich nicht gehe, muss ich mich übergeben. Und das will niemand, glaube mir."

Sandrine entfernte sich eilig. In ihren Augen standen Tränen. Es waren Tränen der Wut und der Enttäuschung…

*****

Sandrine hatte eine kleine Chocolaterie im 13. Arrondissement übernommen. Sie lag am Quai François Mauriac, nur wenige Meter von der Seine entfernt.

Das Geld dafür hatte ihr Hugo Renard geliehen, der noch immer dem Traum nachhing, dass Sandrine seine Schwiegertochter werden könnte.

Das Geschäft mit Torten, Schokolade und köstlichen Pralinen entwickelte sich schnell und schon bald war „Confiserie et Chocolaterie Sandrine" eine Geheimadresse für Naschkatzen und Schleckmäulchen jeden Alters.

Eine ihrer Stammkundinnen war Madame Bouvier, die Gattin eines bekannten Rechtsanwalts. Dass ihr die Kreationen von Sandrine exzellent mundeten, sah man allein schon an ihrer Figur.

Durch sie kamen immer mehr Damen der Gesellschaft, und schon bald war Sandrines Geschäft ein prosperierendes Unternehmen.

Eines Tages kam ein gut aussehender Herr in den Laden, lüpfte seinen Hut und grüßte mit folgenden Worten:

„*Bonjour Mademoiselle. Sie sind also die Schöpferin all der Köstlichkeiten, von denen meine chère Maman nicht genug kriegen kann.*"

„*Nein Monsieur*", kam postwendend die Antwort, „*ich bin nur die Verkäuferin.*"

Der vornehm gekleidete Herr setzte ein Lächeln auf und erwiderte:

„Pardon, meine Schöne! Könnte ich wohl die Inhaberin dieses Geschäfts sprechen?"

„Ich werde nachsehen, Monsieur", sagte die Verkäuferin, leicht errötend, *„bitte, warten Sie hier."*

Manon, die Verkäuferin, verließ den Raum, um kurz darauf mit ihrer Chefin zurückzukehren.

„Sie wollten mich sprechen, Monsieur?"

Alain Bouvier, so der Name des Besuchers, sah Sandrine lange an. Was er sah, gefiel ihm außerordentlich.

„Meine Maman hat nicht übertrieben. Ihre Köstlichkeiten aus Zucker und Schokolade sind ein Genuss für den Gaumen und Ihr Anblick ist ein Genuss für die Augen."

Sandrine lächelte. Sie fragte sich, wer der komische Vogel wohl sein könnte, der so gekonnt Süßholz raspelte.

„Vielen Dank für das Kompliment, Monsieur. Wenn Sie mir jetzt nur noch freundlicherweise sagen würde, um wen es sich bei Ihrer Maman handelt?"

„Ich bitte um Verzeihung. Mein Name ist Alain Bouvier."

Alain nahm die Hand von Sandrine und küsste sie.

„Meine chère Maman lässt sie herzlich grüßen und durch mich fragen, ob sie uns wohl für kommenden Sonntag eine Gâteau Sandrine und eine Anzahl Petit Fours bereiten und vorbeibringen könnten.

Betrachten Sie das bitte auch gleichzeitig als Einladung, um mit Maman und ein paar anderen Damen Café zu trinken. Ich werde im Übrigen ebenfalls anwesend sein."

Sandrine musste sich erst einmal von dieser Überraschung erholen. Der Mann, der sich als Sohn ihrer Lieblingskundin vorgestellt hatte, besaß so viel Charme, dass es wohl auch für mehrere gereicht hätte.

„Das mache ich natürlich sehr gern, Monsieur", erwiderte Sandrine, *„und ich nehme die Einladung auch an. Aber sagen Sie mir erst, um wie viele Personen es sich handeln wird."*

„Nennen Sie mich <Alain>, meine Teure", antwortete der Besucher, *„und was die Anzahl der Damen angeht, so schätze ich so fünf bis sechs."*

Sandrine lächelte. Die Art, wie dieser Mann sprach, verdeutlichte ihr, dass er kein Interesse an ihr als Frau hätte. Und noch vom selben Augenblick an mochte sie Alain Bouvier. Es war der Beginn einer wunderbaren Freundschaft…

*****

Guillaume hatte Chantal immer wieder gebeten, sie möge mit dem Rauchen aufhören und ihren Alkoholkonsum einschränken.

Im Gegensatz zu ihr war er sehr um das Wohl des zu erwartenden Kindes besorgt.

„Du studierst zwar Medizin; aber du bist nicht mein Doktor. Also lass mich gefälligst in Ruhe."

Mit solchen Äußerungen wehrte sie die Ermahnungen von Guillaume ab. Es schien, als wäre ihr völlig egal, was mit dem Ungeborenen passieren könnte.

Chantal schlief auch nicht mehr mit ihm. Guillaume nahm es hin. Es war ihm sogar recht, denn er hinterfragte immer öfter, ob Chantal überhaupt etwas für ihn empfinden würde. Ihre Übellaunigkeit nahm manchmal Formen an, die kaum noch zu ertragen waren.

Sie kam auch immer öfter betrunken nach Hause und weckte die anderen Mitbewohner auf.

Monique Bisset, eine Mitbewohnerin der Wohngemeinschaft, sprach Guillaume eines Tages darauf an. Sie war ein eher schüchternes, zurückhaltendes Mädchen, die wie Guillaume vom Land kam.

„Das kann so nicht weitergehen, Guillaume. Chantal bringt nur Unruhe in unsere Gemeinschaft. Wenn sie nicht damit aufhört, dann muss sie gehen."

Es war Monique nicht leicht gefallen, Guillaume das zu sagen. Die Mitbewohner hatten gelost, wer mit Guillaume reden sollte, und Monique hatte verloren.

„Ich weiß, Monique", erwiderte Guillaume, *„und ich möchte mich für Chantal entschuldigen. Bitte, sage das auch den anderen."*

Monique sah Guillaume fragend an. Sie mochte ihn und sie verstand nicht, wie ein so lieber Mensch sich mit einer Frau wie Chantal einlassen konnte.

„Hast du dich schon einmal gefragt, was Chantal so treibt, wenn sie nachts umherzieht?"

Guillaume sah Monique erstaunt an.

„Nein, habe ich nicht", erwiderte er, *„es geht mich auch nichts an. Und dich auch nicht. Sie ist schließlich ein erwachsener Mensch."*

Monique verstand gerade nicht, warum Guillaume so heftig reagiert hatte. Und ein wenig ärgerte sie das.

„Sie trägt schließlich ein Kind von dir unterm Herzen", sagte sie trotzig, und Guillaume war überrascht ob der Formulierung, wie sie noch in grauer Vorzeit verwendet wurde.

„Wenn es überhaupt von dir ist..."

Dieser, leise ausgesprochene Zusatz, ließ Guillaume aufhorchen.

„*Was meinst du damit?*", fragte er und Monique antwortete in aggressivem Ton:

„*Das musst du schon selber herausfinden. Und überhaupt, es geht mich ja nichts an.*"

Monique ließ Guillaume einfach stehen und ging.

Guillaume war wie gelähmt. „*Was hatte Monique gerade gesagt?*", fragte er sich, und in seinem Kopf schwirrten die Gedanken so schnell hin und her, dass er ihrer kaum habhaft werden konnte.

Das Bild jener Nacht, als Chantal überraschenderweise in sein Zimmer kam und ihn zum Sex animierte, baute sich wie eine riesige Bedrohung vor ihm auf.

Was er damals als schmeichelhaft empfand, kehrte sich jetzt um in einen Akt der Nötigung. Es waren nicht Liebe und Begehren in jener Nacht, es war Kalkül.

Und je länger er darüber nachdachte, umso klarer erkannte er die Hinterlist einer Frau, die ihn schamlos betrog und in ihm ein Gefühl ausgelöst hatte, das vom Gift der Falschheit durchzogen war.

Guillaume empfand Ekel und Wut. Wut über sich selbst, dass er glauben konnte, dass Chantal ihn aus Liebe gewählt hatte. Er glaubte es, weil er es wollte und weil es sich so gut anfühlte.

*****

Alain Bouvier hatte Sandrine mit dem Auto abgeholt, auch um die Torte und die Petit Fours unbeschadet zu transportieren.

Als sie beim Haus der Bouviers ankamen, fragte sich Sandrine, wer sich so etwas leisten konnte: Ein prächtiges Gebäude im Belle Epoque-Stil mit einem kleinen angeschlossenen Park.

Gut, Maître Clément war Inhaber der bekanntesten Rechtsanwaltskanzlei in Paris mit einem beträchtlichen Einkommen; aber trotzdem…

Madame Bouvier begrüßte Sandrine wie eine alte Freundin und stellte sie sogleich den versammelten Damen vor. Allein der Schmuck, den Sandrine an Ohren, Hals und Händen der Damen entdeckte, bezeugte auf eindrucksvolle Weise, dass sie sich inmitten der gehobenen Gesellschaft befand.

Schon sehr bald prasselten Komplimente ob der mitgebrachten Köstlichkeiten auf Sandrine hernieder, die höchst froh und erleichtert war, als Alain sie aufforderte, ein wenig mit ihm durch den Park zu lustwandeln.

„Ich bin Ihnen sehr dankbar, lieber Alain, dass Sie mich befreit haben", sagte Sandrine mit einem Augenzwinkern, worauf Alain erwiderte:

„Das habe ich sehr gern gemacht, liebe Sandrine. Ich weiß, die Freundinnen von Maman können recht anstrengend sein."

Alain führte Sandrine zu einem kleinen Springbrunnen, der von Sitzbänken umsäumt war. Sie setzten sich nieder und lauschten dem Geplätscher des herabfallenden Wassers.

„Hier bin ich als Kind sehr oft gesessen, wenn ich traurig war", sinnierte Alain.

„Warum waren Sie traurig, Alain?", fragte Sandrine.

„Weil niemand Zeit für mich hatte", antwortete Alain. *„Ich habe mehr Zeit mit dem Kindermädchen verbracht als mit meinen Eltern."*

„Das ist wirklich traurig", sagte Sandrine. Sie empfand Mitleid mit dem Mann, der neben ihr saß und sein Herz ausschüttete, und sie hätte ihn gern umarmt.

„Wie gefällt Ihnen das Haus?", fragte Alain, um das Thema seiner unschönen Kindheit zu beenden. *„Es ist seit Generationen im Familienbesitz."*

„Es ist sehr schön", antwortete Sandrine, *„aber am meisten gefällt mir der Park, und dass ich mit Ihnen hier sitzen kann."*

„Sie sind sehr lieb zu mir, Sandrine", sagte Alain, *„ich möchte, dass wir Freunde sind."*

Sandrine war überrascht, als sie das hörte; aber auch erfreut.

„Sehr gern, Alain", erwiderte sie und lächelte.

„Darf ich Ihnen einen Kuss geben?", fragte Alain, und noch bevor Sandrine darauf antworten konnte, umarmte er sie und gab ihr einen Kuss auf die Wange.

„Oh là là", sagte Sandrine, *„nicht so stürmisch, Monsieur."*

„Pardon, Sandrine", erwiderte Alain schuldbewusst, worauf Sandrine lachte und sagte:

„Das ist völlig in Ordnung, lieber Alain. Wir sind jetzt Freunde. Und nach diesem Kuss können wir auch ruhig DU sagen."

Alain klatschte in die Hände wie ein kleines Kind.

„Oh Sandrine, das ist ja wunderbar. Du ahnst gar nicht, wie glücklich mich das macht."

Sandrine konnte nicht begreifen, dass der Mann, der vor ein paar Tagen in ihr Geschäft gekommen war, derselbe sein sollte, wie der Mann, der gerade neben ihr saß.

„Du bist ein ganz besonderer Mann, Alain, und ich bin sehr stolz darauf, dass ich mit dir befreundet sein darf."

„Danke, Sandrine", erwiderte Alain, *„heute ist der glücklichste Tag in meinem ganzen Leben."*

Als er das sagte, standen Tränen in seinen Augen.

*****

Guillaume musste immer wieder daran denken, was Monique zu ihm gesagt hatte. Sollte Chantal wirklich so perfide sein, ihm ein Kind unterschieben zu wollen?

Er fragte sich das immer wieder, und um eine Antwort darauf bekommen zu können, beschloss er, Chantal um einen Vaterschaftstest zu bitten.

Bedingt durch sein Studium wusste er, dass ein nicht invasiver pränataler Vaterschaftstest ab der 7. Schwangerschaftswoche mittels eines Bluttests der Mutter möglich ist, und kein Risiko in sich birgt.

Als Chantal wieder einmal spät abends angeheitert nach Hause kam, sprach Guillaume sie darauf an.

„Was soll das heißen?", fauchte sie, *„willst du etwa behaupten, du wärst nicht der Vater von unserem Kind? Mit mir zu ficken hat dir Spaß gemacht; aber Verantwortung willst du keine übernehmen."*

Guillaume fiel zum ersten Mal die ordinäre Ausdrucksweise von Chantal auf. Sicher war es nie anders; er wollte es wahrscheinlich nur nicht wahrhaben.

„Ich habe berechtigte Zweifel, dass ich nicht der Vater bin", entgegnete Guillaume mit ruhiger Stimme.

„Gib es zu", sagte Chantal und ihr Stimme hatte deutlich an Lautstärke zugenommen, *„das hat dir Monique, diese Schlampe, eingeredet."*

„Du bist betrunken", erwiderte Guillaume, *„lass uns morgen weiterreden."*

Guillaume wollte sich abwenden, als Chantal schrie:

„Hiergeblieben, du Schwuchtel. Du kannst mich nicht einfach hier stehen lassen."

Guillaume musste an die Worte seiner Mutter denken, als er mit Chantal auf der Geburtstagsfeier seines Vaters war: *„Die Frau passt nicht zu dir."*

Die anderen Mitbewohner waren durch den Lärm wach geworden und aus ihren Zimmern herausgetreten.

„Was ist los? Warum brüllt ihr so herum mitten in der Nacht?"

Die Frage kam ausgerechnet von Monique. Für Chantal war es, als wedle ein todesmutiger Torero mit einem roten Tuch vor der Nase eines wütenden Stiers herum.

„Halt dein Maul, du elendes Miststück", schrie Chantal, *„du bist schuld, dass dieses Muttersöhnchen mir den Bauch aufschneiden lassen will, und unser gemeinsames Kind damit in Gefahr bringen wird."*

„Das ist Unsinn, Chantal", sagte Guillaume, *„man braucht lediglich eine Blutprobe von der Mutter, um die Vaterschaft feststellen zu können."*

Chantal starrte Guillaume an, und dann wanderte ihr Blick von einem zu anderen. Ihr Gesicht verzog sich zu einer Fratze und ihr Atem ging schwer.

„Mein Blut bekommt ihr nicht, ihr Schweine", stieß sie hervor. *„Fickt euch! Fickt euch alle!"*

Chantal wendete sich und ging in ihr Zimmer.

Und während Guillaume und die anderen damit begannen, das gerade Vorgefallenen durch Sprachlosigkeit zu dokumentierten, ging die Tür auf und Chantal streckte ihren Kopf heraus.

„Du bist ein elender Loser, Guillaume Renard. Ich bin froh, dass du nicht der Vater meines Kindes bist. Und außerdem bist du ein miserabler Liebhaber. Gute Nacht!"

*****

Alain Bouvier und Sandrine Flaubert verbrachten sehr viel Zeit miteinander, was höchstes Wohlgefallen bei Madame Bouvier auslöste.

„Wann wirst du es ihr endlich sagen, Alain?", fragte Sandrine.

„Was meinst du, chérie?", erwiderte Alain.

„Das weißt du ganz genau", sagte Sandrine.

Alain hatte Sandrine vor geraumer Zeit bestätigt, was sie schon lange vermutet hatte: Alain Bouvier liebte Männer.

„Ich kann der lieben Maman nicht ihre Illusion zerstören. Das wäre höchst grausam", erwiderte Alain, „findest du nicht auch?"

„Aber ist es nicht viel grausamer, wenn sie die Wahrheit erfährt?", sagte Sandrine.

„Das habe ich doch gerade gesagt, chérie", antwortete Alain.

„Nicht diese Wahrheit", sagte Sandrine, „sondern dass du sie die ganze Zeit über anlügst."

„Das stimmt so nicht", erwiderte Alain trotzig, „ich habe Maman nie gesagt, dass ich ein Hetero bin."

Sandrine gab auf. Sie fragte sich wieder einmal, ob dieser Mann derselbe ist, der vor einigen Monaten ihr Geschäft betrat.

„Ich habe Karten für die Oper."

Damit war das Thema endgültig vom Tisch.

„Was meinst du? Zwei bis drei Stunden Puccini und dann fein speisen. Klingt das nicht verlockend?"

„Wie bist du an die Karten gekommen?", fragte Sandrine.

„Papa hat sie von einem Klienten. Und Papa mag keine Opern. Maman hatte dann die gute Idee, dass wir beide uns einen schönen Abend machen sollten."

„*Das ist sehr lieb von deiner Mutter*", sagte Sandrine, „*ich war noch nie in der Oper.*"

„*Sie wird dir gefallen. Das ist die Oper mit der bekannten Arie <Nessun dorma>, diesem Schmachtfetzen mit Taschentuchgarantie.*"

Sandrine musste lachen. Egal, was Alain so von sich gab; man konnte ihm einfach nicht böse sein.

„*Ich weiß*", erwiderte Sandrine, „*das ist eine wunderbare Arie.*"

„*Also bist du dabei?*"

Sandrine sah in das erwartungsvolle Gesicht von Alain.

„*Natürlich bin ich dabei*", sagte sie dann und gab Alain einen Kuss. „*Ich muss mir nur noch etwas Passendes zum Anziehen kaufen.*"

„*Das machen wir zusammen*", erwiderte Alain, „*und ich bezahle. Das ist mein Geburtstagsgeschenk.*"

„*Ich habe doch erst in ein paar Monaten Geburtstag*", wendete Sandrine ein.

„*Na und?*", erwiderte Alain, „*dann verlegen wir ihn ganz einfach vor.*"

„*Du bist wirklich unmöglich, Alain. Ich liebe dich.*"

*****

Die „Confiserie et Chocolaterie Sandrine" war inzwischen zu einem Geschäft geworden, das weit über die Grenzen von Paris hinaus bekannt war.

Hinzu kam der Versand ihrer Torten, die sogar den Weg bis in den Élysée-Palast fanden, den Amtssitz des französischen Staatspräsidenten.

Sandrine hatte erweitert und zusätzliches Personal eingestellt. Ihr Angebot an Torten hatte sich auf stolze dreizehn erweitert. Sie hielt an dieser Zahl fest, weil der Dreizehnte nun einmal ihre Glückszahl war.

Sie war an einem Dreizehnten geboren, und die Eröffnung ihres Geschäfts fiel auch auf einen Dreizehnten.

In diesem Jahr fand der *„Concours Mondial De Pâtisserie"* in Wien statt. Sandrine hatte speziell zu diesem Anlass eine ganz spezielle Torte kreiert. Sie nannte sie „Gâteau Marianne".

Die Tortenmitte zierte eine Figur aus Marzipan. Es war Marianne, die Symbolfigur der Freiheit, mit der roten Jakobinermütze auf dem Haupt.

Das Besondere daran war jedoch das Gesicht der Marzipanfigur. Es zeigte Madame Marianne Bouvier, die Mutter von Alain.

Als Sandrine Madame Bouvier die Bitte vortrug, ihr Konterfei für die Symbolfigur verwenden zu dürfen und ihr den Namen „Gâteau Marianne" zu geben, fiel Madame beinahe in Ohnmacht.

Sie umarmte Sandrine, schnäuzte sich mehrere Male und sagte dann mit tränenerstickter Stimme:

„Du machst mich damit sehr glücklich, liebe Sandrine. Ich darf dich doch so nennen. Schließlich gehörst du ja quasi zur Familie."

Sandrine freute sich über die warmen Worte von Madame, wurde aber dennoch ein wenig stutzig über den Zusatz mit der Familie.

Alain hatte Sandrine nach Wien begleitet. Er hatte eine Suite im Hotel Sacher gebucht. Der herzliche Empfang durch den Direktor des Hotels kam für Sandrine etwas überraschend. Dass ihr Bekanntheitsgrad bis nach Wien vorgedrungen war, hätte sie nicht erwartet.

„Ihre <Gâteau Sandrine> ist eine göttliche Création, gnädige Frau", sagte der Herr Direktor, küsste Sandrine die Hand und fügte noch hinzu:

„Das muss sich unsere Sachertorte aber anstrengen, dass sie mit ihr Schritt halten kann."

Spätestens jetzt verstand Sandrine, was ihr Alain auf dem Flug vermitteln wollte, als er ihr von dem berühmten „Wiener Schmäh"[14] erzählte.

---

[14] *Wikipedia sagt: Der Wiener Schmäh bezeichnet einen Witz mit Charme oder eine Lebenshaltung mit einer besonderen Leichtigkeit.*

Der Wettbewerb verlief erfolgreich, obwohl es nicht ganz auf die oberste Stufe gereicht hat. Sandrine belegte den zweiten Platz, hinter einem Teilnehmer aus der Schweiz.

Es war eine knappe Entscheidung und es gab Stimmen, dass die Entscheidung zu Gunsten Sandrines hätte ausfallen sollen; aber Sandrine war mit dem Ergebnis durchaus zufrieden.

Nach der Siegerehrung gab es am Abend ein Bankett, mit viel Fachgesimpel als Beilage. Gegen Mitternacht verließen Sandrine und Alain die Veranstaltung.

„Ich werde dich jetzt in ein spezielles Etablissement entführen."

Alain überraschte Sandrine mit diesen Worten, weil diese eigentlich müde genug gewesen wäre, um ins Bett zu fallen.

„Ich weiß nicht, Alain", erwiderte Sandrine zaghaft, *„ich bin sehr müde. Der Tag war doch recht anstrengend."*

„Nichts da", sagte Alain fröhlich, *„du bist die ungekrönte <Reine des Gâteaux>[15], und das muss gefeiert werden."*

Sandrine lachte. Alain hatte es wieder einmal geschafft, sie herumzukriegen.

---

[15] *Königin der Torten*

Wenig später fand sich Sandrine inmitten von Homosexuellen und Lesben wieder. Alain hatte sie in den „Club exceptionnel" entführt.

Es war das erste Mal, dass Sandrine Eingang in eine andere Welt fand. Eine Welt voll Glamour und Lebensfreude. Die beiden wurden herzlich begrüßt, als wären sie alte, vertraute Freunde.

„Warst du schon einmal hier?", fragte Sandrine.

„Nein", antwortete Alain, *„wie kommst du darauf?"*

„Nun, weil wir so herzlich begrüßt wurden", sagte Sandrine.

„Vielleicht, weil die Menschen offener sind als die Heteros."

Sandrine musste über die Antwort erst einmal nachdenken. Viel Zeit dafür hatte sie nicht, denn sie wurden umgehend durch die Menschen und der Atmosphäre vereinnahmt.

Plötzlich wurde sie von einer hübschen Frau angesprochen und auf einen Drink eingeladen. Sie stellte sich als Franziska vor und verwickelte Sandrine in ein interessantes Gespräch. Dadurch dass Sandrine kein Deutsch sprach, wurde das Gespräch auf Englisch geführt.

Sandrine war überrascht, wie wohl sie sich fühlte. Sicher, sie hatte sich durch den Umgang mit Alain eine gewisse „Selbstverständlichkeit" angeeignet; aber jetzt unter lauter „Nicht-Heteros", das war noch einmal eine andere Qualität."

„Hallo! Ich bin Franziska. Wie heißt du?"

„Sandrine. Ich heiße Sandrine."

„Und woher kommst du?"

„Aus Paris. Ich bin mit meinem Freund Alain wegen des <Concours Mondial De Pâtisserie> hier. Ich war eine der Teilnehmerinnen."

Franziska nickte anerkennend und fragte dann:

„Seid ihr ein Paar, Alain und du?"

Sandrine lachte.

„Warum lachst du?", fragte Franziska.

„Entschuldige", erwiderte Sandrine, *„wir sind nur sehr gute Freunde. Alain ist einer von euch; ich aber nicht."*

An der Reaktion von Franziska bemerkte Sandrine sofort, dass ihre Formulierung nicht sehr geschickt war.

„Was meinst du damit?", fragte Franziska, *„eine von euch?"*

„Es tut mir leid", antworte Sandrine, *„das war dumm und ungeschickt von mir."*

Franziska sah Sandrine eine kurze Weile mit festem Blick an. Dann lächelte sie und sagte ganz ruhig:

„Na gut. Ich werde vergessen, was du gerade gesagt hast. Aber nur, wenn du mir einen Kuss gibst. "

Sandrine erschrak. Und bevor sie noch Zeit hatte, darüber nachzudenken, gab ihr Franziska einen langen Kuss.

Es war ein Kuss, samtig und weich und er umhüllte eine Botschaft. Die Botschaft war der Wunsch des Begehrens.

„Du findest doch sicher allein zurück zum Hotel. "

Alain war zu Sandrine gekommen, um ihr das mitzuteilen. An seiner Seite befand sich ein Mann, dem man das Fitnesscenter schon von Weitem ansah.

„Leo und ich haben noch etwas vor. "

Das begleitende Augenzwinkern von Alain war unmissverständlich.

„Habt noch Spaß, ihr Hübschen! "

Sandrine konnte gar nicht darauf reagieren. Sie fühlte sich wie in ein Korsett geschnürt, unfähig sich zu bewegen.

„Ist alles in Ordnung? ", fragte Franziska, die natürlich nicht verstanden hatte, was Alain zu Sandrine gesagt hatte.

„Es ist alles gut", erwiderte Sandrine. Sie nahm ihr Glas und leerte es mit einem Zug.

„Mach uns noch zwei", sagte Franziska zu dem Barmann, nahm die Gläser in die eine Hand und mit der anderen fasste sie Sandrine zart am Arm und sagte:

„Lass uns nach hinten gehen. Da ist es gemütlicher."

*****

Chantal war zwischenzeitlich aus der Wohngemeinschaft ausgezogen, was von den restlichen Mitbewohnern mit großer Freude aufgenommen wurde.

Monique, die vom ersten Tag an einen Blick auf Guillaume geworfen hatte, hätte sich ihm – jetzt, wo die Bahn frei war - gern genähert, fand aber nicht den Mut dazu.

Pierre Ducasse, ein Mitbewohner hatte es bemerkt und entschlossen, dem Schicksal einen kleinen Anstoß zu geben.

Er organisierte aus einem fadenscheinigen Grund ein Pizzaessen zu Hause, und nach einer guten Stunde verabschiedete er sich mit Gérard Lefebvre, dem anderen Mitbewohner, um ins Kino zu gehen.

„Benehmt euch ordentlich, und dass mir ja keine Klagen kommen."

Mit diesem flapsigen Spruch zog Pierre seinen Kumpel bei der Tür hinaus.

Monique fühlte sich erkennbar unwohl. Beiden war nicht entgangen, dass die ganze Sache arrangiert war.

„Wir müssen das hier nicht machen", sagte sie, beinahe entschuldigend und lächelte Guillaume verlegen an.

„Schade", erwiderte Guillaume, *„es hat mir bis jetzt recht gut gefallen. "*

Und nach einer kurzen Pause fügte er lächelnd hinzu:

„Und tut es noch immer. "

Monique erwiderte das Lächeln.

„Es ist sehr lieb von dir, dass du das sagst. Danke! "

Guillaume sah Monique an. Er fragte sich, wie er dieses bezaubernde Wesen die ganze bisherige Zeit übersehen konnte.

„Und es ist noch nicht einmal gelogen. "

In diesen Worten lag die ganze Unbeholfenheit, der sich Guillaume gerade ausgesetzt sah.

„Möchtest du noch Wein? "

Monique hielt die Flasche in der Hand und blickte Guillaume liebevoll an.

„Sehr gern", antwortete Guillaume, *„aber nur, wenn du mittrinkst."*

Monique goss ein und Guillaume prostete ihr zu.

„Auf dich, Monique und den wunderschönen Abend!"

Die beiden machten einen kräftigen Schluck, gerade so, als wollten sie sich damit Mut machen.

Guillaume setzte sein Glas ab.

Er ging um den Tisch herum, legte seine Hand auf Moniques Schultern und sagte:

„Ich weiß, das kommt jetzt ein bisschen plötzlich. Aber hättest du etwas dagegen, wenn ich dich jetzt küsse?"

Monique strahlte. Sie stand auf und küsste Guillaume. Sie küsste ihn wieder und wieder und Guillaume tauchte ein in all ihre Zärtlichkeit.

„Das habe ich mir schon so lange gewünscht", sagte sie. *„Ich habe mich schon am ersten Tag unserer Begegnung in dich verliebt; aber ich hatte nicht den Mut, es dir zu sagen..."*

*****

Sandrine und Alain saßen im Taxi auf dem Weg zum Flughafen. Die Fahrt verlief recht schweigsam. Selbst als sie noch beim Frühstück saßen, kam keine nennenswerte Kommunikation auf.

Jetzt, nachdem das Flugzeug abgehoben hatte, brach Alain das Schweigen.

„Hattest du gestern noch einen schönen Abend?"

Sandrine überlegte, ob sie darüber berichten sollte. Das Geschehene hatte ihre Seele bis zum Bersten erfüllt, dass es ihr sinnvoll erschien, darüber zu reden.

„Ich habe schon oft davon gehört, dass Frauen anders lieben als Männer", begann sie, und nach einem kurzen Zögern fuhr sie fort:

„Zärtlicher, einfühlsamer, geduldiger…

Aber was ich gestern Nacht erlebt habe, hat alles Vorstellbare weit überstiegen. Ich bin in Dimensionen vorgedrungen, die mich die Welt um mich herum vergessen ließen. Es war unbeschreiblich."

Alain hatte aufmerksam zugehört. Er hatte Sandrine dabei zugeschaut und in ihre strahlenden Augen geblickt.

„Das freut mich, chérie", sagte er, *„und werdet ihr euch wiedersehen?"*

Sandrine sah Alain an und lächelte.

„*Das glaube ich kaum, ich bin und ich bleibe ein Hetero.*"

„*Aber es gibt doch beides*", wendete Alain ein, „*warum auf eines verzichten, wenn man beides haben kann.*"

„*Und was ist mit dir?*", fragte Sandrine. „*Muss ich jetzt vielleicht fürchten, dass du irgendwann über mich herfallen wirst?*"

Alain lachte so laut, dass einige der Passagiere aufmerksam geworden waren.

„*Ich kann dich beruhigen, chérie; da besteht überhaupt keine Gefahr.*"

„*Hast du es je probiert?*", fragte Sandrine.

„*Ein einziges Mal*", antwortete Alain, „*aber das hat gereicht.*"

„*Hast du es jetzt endlich deiner Mutter gesagt, dass aus uns beiden kein Paar wird oder hegt sie noch immer diese Hoffnung?*"

Sandrine hatte Alain mehrmals dazu gedrängt, seiner Mutter die sexuelle Richtung kundzutun, in welcher er sich bewegt.

„*Es hat sich bisher nicht ergeben*", wich Alain aus, „*dazu braucht es den richtigen Moment.*"

„Du bist ein Narr, Alain", erwiderte Sandrine, *„den gibt es nicht, den richtigen Moment. Ich lasse dir bis Ende des Monats Zeit. Danach werde ich deiner Mutter reinen Wein einschenken."*

„Das wirst du nicht tun, chérie", sagte Alain, *„und jetzt lasse mich in Ruhe. Ich brauche dringend Schlaf. Ich hatte in der vergangenen Nacht zu wenig davon."*

*****

Alain Bouvier zog sich als Kind gern Kleider seiner Schwester Marion an und schlüpfte in die Schuhe seiner Mutter. Das alles irritierte die Eltern nicht.

Als er sich dann aber seine Lippen rot anschmierte und mit den Puppen seiner Schwester spielte, wurden sie doch leicht unruhig.

Das legte sich jedoch wieder, als der kleine Alain im Kindergarten ausschließlich mit anderen Jungen spielte.

Seine Schwester Marion erkrankte schwer und starb im zarten Alter von acht Jahren. Das führte dazu, dass Madame Bouvier ihren kleinen Alain von Stund an nicht mehr aus den Augen ließ. Sie verhätschelte ihn nach allen Regeln der Kunst, was zum Unmut ihres Gatten führte.

Monsieur Bouvier empfand eine tiefe Eifersucht auf den Sprössling und machte auch keinen Hehl daraus.

Hinzu kam noch, dass Alain seiner Neigung freien Lauf ließ. Es drückte sich in seiner Art, sich zu kleiden, sich zu bewegen und zu sprechen aus.

Papa Bouvier versuchte, dagegen anzugehen, was aber am Bollwerk „Madame Bouvier" scheiterte. Sie breitete ihre mächtigen Schwingen über dem Knaben aus.

Den ersten Schwierigkeiten des „Andersseins" begegnete Alain in der Schule. Seine Mitschüler attackierten ihn bei jeder Gelegenheit, und selbst die Mädchen konnten sich abschätzige Bemerkungen nicht verkneifen.

Retter in der Not war ein gewisser Mathieu Roux, ein Bauernjunge mit roten Haaren und jeder Menge Sommersprossen.

Allein durch sein Aussehen war er ein Außenseiter und bot genügend Angriffsfläche für jede Art von Spott.

So kam es, dass sich die beiden Jungen zusammenschlossen. Mathieu profitierte durch die gehobene Provenienz von Alain – er versorgte ihn mit Schokolade – und Alain profitierte von der Muskelkraft, über welche Mathieu in reichem Maße verfügte.

Leichter wurde das Leben von Alain erst, als er mit dem Studium begann. An der Universität gab es genügend schräge Vögel, die man tolerierte, akzeptierte und einfach nur sein ließ.

Alain studierte Jura. Dies war keinesfalls seine eigene Wahl, es war das Dekret von Papa Bouvier, getreu einer lang anhaltenden Familientradition.

Die „Licence de Droit" schaffte Alain in der vorgegebenen Zeit von drei Jahren; aber vor dem Erreichen der „Maîtrise de droit" brach Alain sein Studium ab. Es war einfach nicht seine Welt.

Sein Interesse galt den schönen Dingen. Und so begann er Theaterwissenschaft zu studieren. Aber auch dort fand er nicht wirklich die Erfüllung, die er suchte.

Und am Ende blieb nur noch eine Anstellung in der Kanzlei seines Vaters übrig, die er jedoch nur dem hartnäckigen Bestreben von Madame Bouvier zu verdanken hatte.

Alain bezeichnete sich Sandrine gegenüber einmal als einen „Büroboten mit akademischem Hintergrund."

Das Verhältnis Vater – Sohn war mehr als betrüblich und spannungsgeladen. Man löste das Problem, indem man sich weitmöglichst aus dem Weg ging.

Monsieur Bouvier hatte zu keiner Zeit Zweifel an den Neigungen seines Sohnes, die er auch über einen langen Zeitraum der Gattin gegenüber kundtat. Aber irgendwann wurde er dessen überdrüssig.

Und Madame hatte nie daran gezweifelt, dass es seitens ihres Gatten nur ein Zeichen des Hasses und der Ablehnung wider den Sohn war, dass dieser sein Studium des Rechts nicht beendet hatte.

Im Laufe der Zeit hatte sich die ganze Angelegenheit mehr oder weniger „eingeschliffen" und Monsieur Bouvier hatte seinen Widerstand – unter Hinzuhilfe einer Art Altersmilde – weitgehend abgebaut.

So war es möglich geworden, eine langjährige Familientradition wieder aufzunehmen: das sonntägliche Familienessen.

„Wie war eure Reise nach Wien, chérie?", fragte Madame Bouvier bei Rehrücken, Kraut, Knödel und Preiselbeeren.

„Sehr schön, Maman", antwortete Alain.

„Habt ihr auch etwas von der Stadt gesehen?", fragte Madame, *„wie du ja weißt, waren dein Vater und ich dort auf Hochzeitsreise."*

„Nicht sehr viel, Maman", erwiderte Alain, *„der Concours hat die meiste Zeit in Anspruch genommen."*

„Und? Hat Sandrine gewonnen?", mischte sich jetzt Monsieur Bouvier ein. Es war ein echtes Interesse, denn er mochte die Freundin seines Sohnes recht gern.

Leider nicht, chèr Papa", antwortete Alain, *„Sandrine wurde nur ganz knapp zweite. Aber einige haben gesagt, dass sie eigentlich hätte gewinnen müssen. Ein Schweizer hat gewonnen."*

„Du könntest doch deine Sandrine einmal zu unserem Sonntagsessen einladen", sagte Madame Bouvier, *„jetzt, wo sie doch schon fast zur Familie gehört."*

„*Das ist eine sehr gute Idee, Marianne*", sagte Monsieur Bouvier, und seine Äuglein funkelten dabei.

Er hatte sich seinen Argwohn, die Neigung seines Sohnes betreffend, in all den Jahren nie nehmen lassen, und sah jetzt die Gelegenheit, endlich die Wahrheit ans Licht bringen zu können.

Alain zuckte zusammen. Er fühlte, dass er in der Falle saß, und er überlegte krampfhaft, ob er weiter den Schein aufrecht erhalten sollte oder die Flucht nach vorne zu wagen.

Er dachte an die Worte von Sandrine, die ihn auf dem Rückflug von Wien dazu gedrängt hatte, sich endlich zu offenbaren.

„*Es wird keine Hochzeit mit Sandrine geben. Ich liebe Männer. Sandrine ist für mich wie eine Schwester.*"

Jetzt war es heraus und Alain fühlte eine ungeheure Erleichterung. Er sah in die entsetzten Augen seiner Mutter und in das triumphale Gesicht seines Vaters.

„*Ich habe es immer gewusst*", stieß er hervor und sah dabei seine Gattin erwartungsvoll an.

„*Sei still, du Narr*", erwiderte Madame Bouvier, „*glaubst du wirklich, ich hätte es nicht auch gewusst?*"

Monsieur Clément Bouvier verstand die Welt nicht mehr. Er fragte sich, warum seine Gattin eh und je so getan hatte, als wäre Alain gar nicht homosexuell.

„Ist ja auch völlig egal", fuhr Madame fort, *„Sandrine ist eine tolle, junge Frau und wir mögen sie alle. Unsere Marion – Gott hab sie selig – wäre jetzt etwa im selben Alter wie Sandrine. Ich würde mich sehr freuen, wenn sie unsere Einladung zum Sonntagsessen annehmen würde.*

Es muss ja nicht jedes Mal sein; aber so ab und zu, das wäre schon schön. Was meinst du, mon chère Clément?"

Nun lag der Ball wieder bei Monsieur. Und zur großen Freude aller Beteiligten nahm Clément Bouvier den Ball auf.

„Das ist eine wunderbare Idee", erwiderte Monsieur Bouvier und erhob sein Glas.

„Ich trinke auf dich, meine wunderbare Gattin, auf unseren Sohn, der endlich den Mut gehabt hat, seinen Eltern die Wahrheit zu sagen, und auf Sandrine, eine tolle Frau, die hoffentlich recht bald unsere Sonntagsessen vervollständigen wird."

*****

Sandrine war mit viel Arbeit eingedeckt, aber sie besuchte ihre Eltern so oft wie nur möglich. Durch sie erfuhr sie auch, dass sich Guillaume von seiner angeblichen Verlobten getrennt hatte.

Sandrines Mutter Rosalie traf sich regelmäßig mit Emma Renard, unabhängig von den Tagen, wo sie in der Villa Renard bei irgendwelchen Festivitäten aushalf. Zwischen den beiden Frauen hatte sich so etwas wie Freundschaft entwickelt.

Sandrines Vater Jules war davon nicht sehr begeistert, vertrat er doch den Standpunkt, dass man gehobene Gesellschaft und Arbeiterschaft getrennt halten sollte. Jules war eben durch und durch ein Gewerkschaftler.

Selbst als ihm Hugo Renard, der Firmenchef das DU-Wort anbot, lehnte Jules höflich, aber bestimmt ab.

Die Jahre vergingen und Guillaume hatte seine Facharztprüfung schon längst hinter sich. Er arbeitete inzwischen als Mèdecin-Chef[16] im „Hôpital Saint Barbara", in der Rue Dauphin.

Und so wie Sandrine durch ihre Mutter auf dem Laufenden gehalten wurde, wurde auch Guillaume immer wieder von Emma Renard auf den Stand der Dinge gebracht.

So wusste er auch von den vielen Erfolgen, die Sandrine mit ihrer Arbeit hatte. Seine Mutter hatte ihm sogar Zeitungsberichte darüber zukommen lassen.

*****

---

[16] *Leitender Oberarzt*

Alain hatte sich mit Corona infiziert und lag auf der Intensivstation. Als ob das nicht schon Kummer genug gewesen wäre, hatte ihn sein Geliebter kurz davor wegen eines jüngeren Mannes verlassen.

Alle Bemühungen, nicht zuletzt auch durch Sandrine, Alain aufzumuntern, scheiterten. Er hatte jeden Lebensmut verloren und sehnte nur noch seinen Tod herbei.

Das Schicksal erfüllte ihm den Wunsch, und nur nach ein paar Wochen, wurde er zu Grabe getragen.

Alains Eltern waren am Boden zerstört, und Sandrine stand ihnen mit all ihrer Kraft und Liebe zur Seite. Sie war in dieser Zeit Stütze und Trost.

Vor allem Marianne Bouvier, die Mutter von Alain, konnte sich nicht damit abfinden. Sie rief immer wieder *„mon petit chou"*[17] – so nannte sie ihn als Kind - und brach am offenen Grab zusammen.

Die sommerliche Temperatur, denn es war recht heiß an diesem Tag, in Verbindung mit dem großen Schmerz ließen Madame Bouvier in Ohnmacht sinken.

Emma Renard hatte ihren Sohn vom Ableben Alains informiert und Guillaume war zur Beerdigung gekommen, obwohl er Alain gar nicht kannte. Er wusste jedoch von der Beziehung Sandrines zur Familie Bouvier und im Speziellen von der innigen Freundschaft zu Alain.

---

[17] *Mein kleiner Schatz, mein Herzblatt*

Guillaume stand etwas abseits und als er sah, wie Madame Bouvier zusammenbrach, ging er hin, und mit den Worten *„ich bin Arzt"* kümmerte er sich um die Frau.

Sandrine war völlig überrascht, als sie sah, wer der Mann war, der sich über Madame Bouvier beugte.

Guillaume führte mithilfe von Sandrine Madame Bouvier in den Schatten eines Baumes, der in der Nähe stand und forderte einen der jüngeren Trauergäste auf, ein Glas Wasser zu besorgen.

Es dauerte auch nicht lange und Madame Bouvier öffnete wieder die Augen. Die Kühle unter dem Baum und das Wasser hatten ihre Arbeit getan und Madame wieder in das Reich der Lebenden zurückgeführt.

„Wer sind Sie und was machen Sie hier?", fragte Madame Bouvier, die noch im Begriff war, ihre Gedanken zu ordnen.

„Mein Name ist Dr. Renard, Madame, und es tut mir sehr leid, dass Sie Ihren Sohn verloren haben."

„Kannten Sie meinen Sohn?", fragte Madame, wobei ihre Stimme eine leicht aggressive Färbung annahm. *„Sind Sie vielleicht der Arzt, unter dessen Händen mein armes Kind sterben musste?"*

„Nein, Marianne", mischte sich jetzt Sandrine ein, *„Dr. Renard ist ein sehr lieber Freund aus Kindertagen."*

Guillaume wendete seinen Kopf und sah Sandrine erstaunt an. Und plötzlich sah er in ihr die Frau, die er einmal so sehr liebte und die ihn nicht haben wollte. Er wunderte sich über die Formulierung der Worte, mit denen Sandrine ihn vorgestellt hatte, und er hätte sie gern darauf angesprochen. Aber Sandrine war viel zu sehr beschäftigt damit, Madame Bouvier sicher zum Auto zu geleiten.

Und wenige Augenblicke später war sie im Auto der Bouviers entschwunden.

Emma Renard hatte die ganze Angelegenheit mitverfolgt und ihr war auch nicht entgangen, mit welcher Kühle Sandrine Guillaume der trauernden Mutter vorgestellt hatte.

„Das war der Schock, Guillaume", versuchte sie Sandrines Verhalten zu rechtfertigen, und Guillaume antwortete:

„Ich weiß, Mutter. Es ist alles gut…"

*****

Sandrine hatte Madame Bouvier, zusammen mit Monsieur Bouvier, nach Haus gebracht und den Arzt informiert.

Dr. Meuniers war auch sofort gekommen, um Madame ein Beruhigungsmittel zu verabreichen. Er war seit vielen Jahren Hausarzt und Freund der Familie.

Sandrine blieb noch eine Weile am Bett von Madame Bouvier sitzen und hielt ihre Hand.

Marianne Bouvier weinte leise vor sich hin, immer wieder die Worte *„mon petit chou"* vor sich hinmurmelnd.

Sandrine blieb so lange, bis Madame Bouvier eingeschlafen war. Dann umarmte sie Monsieur Clément und verabschiedete sich.

„Ich schaue morgen wieder vorbei. Und wenn etwas sein sollte, dann ruf mich bitte an."

Clément Bouvier hatte Tränen in den Augen, als er sagte:

„Danke für alles, Sandrine. Ich weiß nicht, was wir ohne dich tun würden."

*****

Sandrine hatte an Franziska Römer aus Wien eine Todesanzeige geschickt. Franziska und Alains Wege hatten sich in jener Bar nur kurz gekreuzt, in der Sandrine zum ersten Mal von einer Frau geküsst wurde.

Die beiden Frauen hatten nach Mitternacht die Bar verlassen und waren zu Franziska nach Hause gegangen, um dort eine Liebesnacht zu verbringen.

Seit jener Nacht gab es keinen Kontakt mehr, obwohl sie Telefonnummer und Adressen ausgetauscht hatten.

Es mutete seltsam an, dass Sandrine die Todesanzeige für Alain einer Frau zukommen ließ, die ihn kaum kannte, und ein Verdacht tat sich auf, dass eine im Verborgen schlummernde Sehnsucht von Sandrine der Auslöser gewesen sein könnte.

Sandrine hatte immer wieder einmal an Franziska denken müssen. Die Tatsache, dass es keinen Mann in ihrem Leben gab, ließ Raum dafür, dass sie keineswegs der überzeugte Hetero war, den sie Alain auf dem Rückflug von Wien glauben machen wollte.

Als Sandrine die Traueranzeige abschickte, war sie fest davon überzeugt, dass keine Reaktion darauf erfolgen würde, bis das Telefon läutete, und Franziska sich mit einem zart gehauchten *„Hallo Sandrine!"* meldete.

Sandrine war wie elektrisiert. Sie fühlte, wie ihr heiß wurde und der ganze Körper in Erregung geriet.

„Hallo Franziska! Wie geht es dir?"

Sandrine hatte die Worte eher geflüstert.

„Danke, es geht mir gut", erwiderte Franziska, *„das mit Alain tut mir sehr leid."*

Es folgte eine kurze Pause. Die beiden Frauen hofften jede, dass die andere die Konversation fortführen möge.

„Ich würde gern zu der Beerdigung kommen", fuhr Franziska fort, *„aber nur, wenn es dir auch recht ist."*

„Das wäre wunderbar", erwiderte Sandrine und noch im selben Augenblick schämte sie sich über das Gesagte.

„Könntest du für mich ein Zimmer in einem Hotel buchen, und könntest du mich vom Flughafen abholen?"

Und wieder kam die Antwort von Sandrine wie aus einem menschlichen Automaten.

„Das wird nicht nötig sein", drang es aus ihr heraus, *„du kannst bei mir wohnen, und selbstverständlich hole ich dich vom Flughafen ab."*

„Ich danke dir, Sandrine", sagte Franziska, *„Flugnummer und Ankunftszeit schicke ich dir per SMS. Also dann bis morgen. Ich freue mich schon sehr darauf, dich zu sehen."*

*****

Sandrines Herz schlug bis zum Hals, als sie Franziska erblickte. Die beiden Frauen winkten sich einander zu. Sandrine küsste Franziska auf beide Wangen und sagte:

„Es ist lange her."

„Zu lange", erwiderte Franziska, *„viel zu lange. Findest du nicht auch?"*

Franziska umschlang Sandrine, und Sandrine spürte den heißen Atem Sandrines an ihrem Hals. Und wie schon bei ihrem Telefonat fühlte Sandrine die gleiche Erregung wieder.

Sie löste sich, lächelte kurz und sagte dann:

„Jetzt fahren wir erst einmal zu mir nach Hause. Du wirst müde sein von der Reise."

„Allerdings", erwiderte Franziska, *„ein erfrischendes Bad und ich bin wieder wie neu."*

Die Fahrt verlief überraschenderweise schweigsam. Franziska war offensichtlich müde. Sie hielt ihren Kopf an die Scheibe gelehnt und ließ die Menschen und die Gebäude an sich einfach vorüberziehen.

Sandrine blickte immer wieder einmal zu ihr hinüber. Sie wusste nicht, was die nächsten Tage bringen würde, aber sie freute sich darauf. Und dass Franziska ausgerechnet jetzt bei ihr war, musste Schicksal sein…

Als sie zu Hause angekommen waren, ließ Sandrine ein Bad für Franziska ein.

„Komm, steig zu mir in die Wanne", sagte Franziska lächelnd, *„ich habe Angst, dass ich einschlafe und ertrinke."*

Sandrine wollte zunächst nicht, gab aber schließlich dem Drängen von Franziska nach. Als sie die Beine von Franziska spürte und auf die hoch aufgerichteten Knospen ihres Busens blickte, ergriff sie erneut eine Welle der Erregung.

„Ich bin sehr froh, dass du gekommen bist."

„Und ich bin froh, dass ich hier bin", erwiderte Franziska. *„Warum hast du dich eigentlich nie gemeldet?"*

Sandrine war überrascht, dass Franziska sie das gefragt hatte. Sie zuckte mit der Schulter und antwortete:

„Ich weiß es nicht. Aber ich könnte dich dasselbe fragen."

„Stimmt; da hast du recht", erwiderte Franziska. *„Ist ja auch egal. Jetzt sind wir beide hier und können die verlorene Zeit nachholen."*

Und was Franziska damit meinte, erfuhr Sandrine gleich nach dem Bad. Die beiden Frauen durchlebten eine Nacht, erfüllt von Liebe und Leidenschaft, die so lange währte, bis sie erschöpft, sich in den Armen liegend, einschliefen.

Sandrine war zeitig aufgestanden und hatte das Frühstück gemacht.

„Guten Morgen, Liebling! Hast du auch so gut geschlafen wie ich?"

Als Sandrine die gute Laune von Franziska nicht erwiderte, fragte Franziska:

„Geht es dir nicht gut?"

Sandrine antworte nicht.

„Bereust du die gestrige Nacht? Oder dass ich überhaupt gekommen bin?"

„Nein, nein", entgegnete Sandrine heftig, *„weder das eine noch das andere."*

„Was ist es dann?", fragte Franziska erneut.

„Es ist wegen Alain", antwortete Sandrine, *„ich müsste um ihn trauern. Aber stattdessen bin ich glücklich mit dir."*

„Du Schaf", sagte Franziska lachend, *„Alain sitzt auf irgendeiner Wolke, schaut uns zu und applaudiert."*

Franziskas Lachen hatte Sandrine angesteckt.

„Glaubst du das wirklich?", fragte sie zögerlich.

„Ganz sicher sogar", erwiderte Franziska, *„der gute Alain war genauso ein drei L-Modell wie ich."*

„Was heißt das?", fragte Sandrine und Franziska antwortete:

„Lieben-Lachen-Leben, das Lebensmotto aller queerer[18] Menschen."

Sandrine war sichtlich erleichtert. Sie gab Franziska einen Kuss und sagte:

„Du bist ein großes Geschenk für mich."

„Ich weiß", erwiderte Franziska, *„du aber auch für mich."*

„Möchtest du bei der Beerdigung mit in der ersten Reihe stehen?"

Diese Frage überraschte Franziska. Damit hatte sie nicht gerechnet.

„Um Gottes willen, nein", antwortete sie, *„ich werde mich etwas weiter hinten platzieren, wo mich keiner sieht."*

„Warum?", fragte Sandrine.

„Weil sich die Trauergemeinde an meinem Outfit entzünden könnte."

Sandrine bemerkte erst jetzt, dass Franziska eine bunt gemusterte Bluse zu ihrer schwarzen Lederhose trug.

---

[18] *Sammelbezeichnung für sexuelle Orientierungen, die nicht heterosexuell sind.*

„Möchtest du nicht lieber etwas in einer gedeckteren Farbe anziehen?", fragte Sandrine vorsichtig.

„Auf gar keinen Fall", erwiderte Franziska, *„das Leben ist bunt und voller Farben, und Alain liebte das Leben."*

Als die beiden Frauen beim Friedhof ankamen, trennten sich ihre Wege. Sandrine reihte sich ein in die Trauergemeinde, die in großer Zahl erschienen war, und Franziska suchte sich ein Plätzchen etwas abseits.

Als die Menge verschwunden war, trat Franziska ans Grab heran und warf eine Rose hinein.

Danach nahm sie sich ein Taxi und fuhr zurück zu Sandrines Wohnung.

*****

Drei Tage nach der Beerdigung bekam Sandrine einen eingeschriebenen Brief von der Kanzlei Bouvier.

Sandrine riss das Kuvert hastig auf, ausgelöst durch die Ungewissheit, was sich wohl darin befinden würde.

Und dann sah sie es. Es war eine Einladung zur Testamentseröffnung des Alain Bouvier. Sandrine wurde schwindelig vor Augen. Sie verstand gerade nicht, was da passierte.

Sie wählte die Nummer von Clément Bouvier, um ihn zu befragen.

„Hallo Clément! Ich habe gerade eine Einladung deiner Kanzlei bekommen, mit der ich nichts anfangen kann. Es handelt sich ganz offensichtlich um eine Verwechslung."

Sandrine hatte so hastig gesprochen, dass Clément Mühe hatte, sie zu verstehen.

„Hallo Sandrine! Das ist keine Verwechslung. Es hat alles seine Richtigkeit. Komm bitte morgen einfach vorbei, dann werde ich dir alles erklären. Und bring bitte deinen Personalausweis oder Pass mit."

Sandrine wollte Clément weiter insistieren; aber ohne Erfolg. Der Gesprächsteilnehmer hatte das Gespräch bereits beendet.

*****

„Testamentseröffnung des Alain Bouvier, zuletzt wohnhaft in der Rue Treville 44, verstorben am 20. dieses Monats.

Anwesend ist Mademoiselle Sandrine Flaubert, ausgewiesen durch ihren Pass mit der Nummer 26nx38754.

Ich verlese jetzt das Testament:

Mein gesamter Besitz in Form von beweglichen und un-
beweglichen Gütern, nebst meinem Aktiendepot, Bar-
geld und Schmuck geht an Mademoiselle Sandrine
Flaubert.

Gez.: Alain Bouvier

Ein Mitarbeiter der Kanzlei hatte das Testament
verlesen, während sich Clément Bouvier im Hintergrund hielt.

Sandrine fühlte sich wie erschlagen. Sie drehte sich
zu Clément um und stieß heftig hervor:

„Das kann ich nicht annehmen, Clément. Das müsst
ihr nehmen. Alain war bestimmt verwirrt, als er das
sagte."

„Beruhig dich, liebe Sandrine", erwiderte Clément
Bouvier, *„das hat alles seine Richtigkeit. Als Alain ins*
Krankenhaus eingeliefert wurde, hat er das so verfügt,
und er war bei klarem Verstand.

Madame und ich sind völlig damit einverstanden.

Du warst für Alain wie eine große Schwester. Viel-
leicht hast du – ohne es zu wissen – die Stelle von Ma-
rion bei ihm eingenommen.

Madame und ich sind sehr glücklich über seine Ent-
scheidung. Und wie du ja weißt, gibt es außer Madame
und mir niemand mehr, und Geld haben wir mehr als
genug.

Also sag JA und nimm den letzten Willen von Alain an.“

Sandrine begann zu weinen.

„Es bringt mich beinahe um“, sagte sie, als sie mit zittrigen Händen das Dokument unterschrieb, *„das ist alles zu viel für mich.“*

„Du schaffst das schon“, erwiderte Monsieur Bouvier, *„und schließlich sind Madame und ich ja auch noch da.“*

*****

Der kommende Sonntag sollte eine weitere Überraschung für Sandrine bereithalten. Sie war zum Sonntagsessen gekommen, wie all die vielen Male zuvor.

Madame Bouvier ging es deutlich besser. Die Umarmung mit Sandrine dauerte länger als sonst, und man hätte beinahe meinen können, sie wolle Sandrine gar nicht mehr loslassen.

„Ich bin so froh, dass wir dich haben, chère Sandrine, du bist uns Stütze und Halt.“

„Das ist sehr lieb, dass du das sagst“, erwiderte Sandrine. *„Ich werde auch weiterhin für euch da sein, wenn ihr mich braucht.“*

„Und was ist mit den Sonntagsessen? Jetzt, wo A-lain nicht mehr da ist?", fragte Marianne Bouvier zaghaft.

„Das ist mir heilig", antwortete Sandrine, *„mehr denn je. Und ich werde kein einziges verpassen."*

Tränen rannen über Madame Bouviers Gesicht, Tränen der Freude.

„Mein lieber Gatte hat noch eine Überraschung für dich."

„Ja, aber erst nach dem Essen", bestätigte Clément Bouvier.

„Heute gibt es <Coq au Vin>, das Lieblingsessen von Alain", sagte Marianne Bouvier und lächelte dazu.

Sandrine war aufgefallen, dass vier Gedecke auf dem Tisch standen.

„Kommt noch jemand dazu?", fragte Sandrine.

„Das vierte Gedeck ist zum Andenken an Alain", antwortete Marianne Bouvier, *„ich hoffe, das stört dich nicht."*

„Keineswegs, Marianne", erwiderte Sandrine. Sie wunderte sich nur, dass Marion diese Ehrerbietung nicht zuteilwurde. Aber Mütter und Söhne sind eben etwas ganz anderes als Mütter und Töchter, wie man weiß…

Sandrine war erleichtert, dass Madeleine, die Haushaltshilfe von Madame Bouvier, den Teller von Alain nicht anfüllte.

Nach dem Essen lüftete Clément das Geheimnis um die Überraschung, welche von Madame zuvor angekündigt worden war.

„Chère Sandrine, zu deinem Erbe gehört auch ein kleines Stück vom Wald der <Trois Pignons>. Er liegt vor den Toren von Paris, ca. 60 Kilometer südlich zwischen der Brie[19] und dem Gâtinais.[20]

Früher einmal war er in Privatbesitz; aber inzwischen hat ihn der Staat aufgekauft. Nur ein paar Parzellen sind in Privatbesitz geblieben.

Auf diesem kleinen Zipfel Wald befindet sich eine Jagdhütte, die wir jetzt mit dir zusammen besichtigen wollen."

Sandrine sah die beiden erstaunt an.

„Ich wusste gar nicht, dass Alain auf die Jagd gegangen ist."

„Um Gottes willen, nein", erwiderte Madame Bouvier, *„mon petit chou hätte noch nicht einmal eine Fliege erschlagen können."*

---

[19] *Franz. Landschaft*
[20] *Franz. Landschaft*

„Ich bin früher zur Jagd gegangen", erklärte sich Clément Bouvier, *„aber das ist lange her. Ich habe die Hütte irgendwann an Alain überschrieben und jetzt gehört sie dir."*

Als Sandrine mit Clément und Marianne an der Hütte ankamen, wartete dort einen Riesen Überraschung auf Sandrine.

Die vermeintliche Jagdhütte war ein gemauertes Gebäude mit einem ausgebauten Dachgeschoss und einer großen Terrasse und glich schon mehr einem Haus als einer Hütte. An der Seite befand sich sogar eine Garage.

Clément ließe Sandrine und Marianne aussteigen und fuhr das Auto auf die Seite, neben der Garage. Sandrine stand staunend vor dem imposanten Gebäude und sah sich nach allen Seiten um.

„Gefällt es dir, ma chère?", fragte Marianne und Sandrine nickte ganz einfach. Sie hatte gerade einen dicken Kloß im Hals, der ihr das Sprechen schwer machte.

„Das gehört jetzt dir", wiederholte Clément, der herangetreten war und seinen Arm um Sandrines Schultern legte.

„Es ist wunderschön", sagte Sandrine, die ihre Sprache wiedergefunden hatte.

„*Warte ab, bis du es von innen gesehen hast*", erwiderte Clément und überreichte Sandrine die Schlüssel.

„*Es würde uns freuen, wenn du uns hereinbitten tätest*", sagte Clément scherzhaft und lachte dazu.

„*Für was ist der zweite Schlüssel*", fragte Sandrine, die bemerkt hatte, dass die beiden Schlüssel verschieden waren.

„*Das erkläre ich dir später*", antwortete Clément, „*jetzt lass uns erst einmal hineingehen.*"

Zu Sandrines Überraschung verfügte die Hütte, die eher ein kleines Haus war, über fließend Wasser und Strom. Und dessen nicht genug, war sie auch komplett eingerichtet. Sie war mit einem offenen Wohnraum mit Küche und einem Gäste-WC ausgestattet, und über eine Treppe gelangte man in das ausgebaute Dachgeschoss mit zwei Schlafzimmern und einem Bad.

Von der Rückseite der Hütte, die in einen Hang hineingebaut worden war, führte eine Tür in eine Art Speise- und Vorratskammer mit integriertem Weinlager.

„*Das ist unglaublich*", begann Sandrine zu schwärmen, „*das ist einfach nur wunderbar. Ich kann es noch gar nicht glauben. Und dass soll wirklich mir gehören?*"

„*Aber ja doch*", sagte Clément, „*du hast es doch schwarz auf weiß.*"

Sandrine fiel zuerst Clement um den Hals und danach Marianne.

„Ihr seid so gut zu mir; ich danke euch von Herzen."

Sandrine betrachtete jeden Winkel der Hütte, unten wie oben, begleitet von überschwänglichen Kommentaren.

„Kannst du Autofahren?", fragte Clément.

„Ja", antwortete Sandrine, *„ich habe zwar kein eigenes Auto; aber einen Führerschein habe ich schon, und fahren kann ich auch."*

„Das ist gut", erwiderte Clément, *„dann komm bitte einmal mit mir mit."*

Clément ging bei der Tür hinaus und Sandrine folgte ihm. Der Weg führte sie zur Garage neben der Hütte.

„Du hast mich doch wegen des zweiten Schlüssels gefragt", sagte Clément. *„Am besten, du probierst einmal, ob er in das Schloss passt."*

Er deutete dabei auf die Garagentür.

Sandrine steckte den Schlüssel ins Schloss und entriegelte die Tür.

Als sie die Tür öffnete, erblickte sie eine weitere Überraschung. In der Garage stand ein Jeep.

„Er ist auf deinen Namen umgeschrieben und voll-getankt. Du könntest sofort damit fahren. Wenn es lange geregnet hat, ist die Geländegängigkeit ein gro-ßer Vorteil."

Sandrine bekam Tränen in die Augen.

„Ich komme mir vor wie im Märchen, und du und Marianne seid meine guten Feen", sagte sie und fiel Clément erneut um den Hals.

Inzwischen hatte Marianne den Tisch vor der Hütte gedeckt. Sie hatte Baguette, Roastbeef, Jambon de Bayonne[21] und Käse hergerichtet und eine Flasche Champagner aus dem Kühlschrank genommen. Die Sachen hatte Clément am Vorabend schon vorbeigebracht.

Clément Bouvier füllte die Gläser und dann tranken die drei Freunde darauf, dass es Alain gut ergehe, wo immer er sich auch gerade befinden möge.

*****

Die Begegnung mit Sandrine bei der Beerdigung von Alain Bouvier hatte bei Guillaume einen bitteren Nachgeschmack hinterlassen.

Er fragte sich immer wieder, warum sich Sandrine ihm gegenüber so unterkühlt verhalten hatte. So oft er

---

[21] *Luftgetrockneter Schinken aus dem Baskenland*

die düsteren Gedanken auch von sich schob, sie kehrten immer wieder zurück.

Dr. Guillaume Renard, inzwischen zum Médecin en Chef [22] avanciert, widmete fast seine ganze Zeit der Arbeit. Er besaß eine kleine Wohnung in Kliniknähe, und die wenige Freizeit, die er sich gönnte, verbrachte er mit Lesen oder Musikhören. Gesellschaftlichen Verpflichtungen ging er, so gut es eben ging, aus dem Weg.

Besucher hatte er keine, wenn man einmal davon absieht, dass Mutter Renard in unregelmäßigen Abständen vorbeischaute, um frisches Gemüse aus ihrem Garten zu bringen, das er dann in die Klinik mitnahm, weil er selbst nicht kochte.

Er aß, wie auch seine Kollegen, in der Klinik eigenen Kantine, und für Notfälle hatte er Mikrowellen taugliche Fertiggerichte zu Hause.

Was ihm wichtig war, das waren gute Rotweine, von denen er ein ansehnliches Lager besaß.

Die Wohnung selbst war sehr puristisch eingerichtet. Ein paar praktische Möbelstücke und ein Fauteuil, dazu eine Leselampe und ein kleines Tischchen. An der Wand hing ein Bild seiner Eltern, ein paar lustige Bilder aus der Studienzeit und ein Bild, auf dem er mit Sandrine zu sehen war.

An diesem Bild kam er nie vorbei, ohne dass es seinen Blick auf sich zog.

---

[22] *Französisch Chefarzt*

Sandrine hatte ihren festen Platz in seinem Herzen, und den würde sie auch nie verlieren können…

*****

Seit geraumer Zeit traten immer wieder Kopfschmerzen bei Sandrine auf, die gelegentlich sogar in eine Migräne übergingen.

Ihr Hausarzt sah die Ursache für die Kopfschmerzen in zu viel Arbeit und Stress, und er hatte ihr ein Schmerzmittel verschrieben, mit dem sie das Problem ganz gut im Griff halten konnte.

Aber in letzter Zeit hatte die Häufigkeit der auftretenden Schmerzattacken zugenommen, und die Medikamente brachten nur bedingt Linderung. Hinzu kamen gelegentliches Taubheitsgefühl in den Extremitäten und Schwindelgefühl.

Das alles löste bei Sandrine eine Besorgnis aus, die sie nicht länger ignorieren konnte.

Sie ließ sich von ihrem Arzt ein MRT verordnen, um dadurch eventuell der Ursache des Problems auf die Spur zu kommen.

Und dann bekam Sandrine die traurige Gewissheit. Das MRT zeigte ein Meningeom. Das ist ein Tumor, der gutartig, operativ meist komplett entfernbar und prognostisch günstig ist.

„Sie müssen damit zu einem Spezialisten gehen, Madame Flaubert", sagte der Hausarzt von Sandrine, und stieß damit die Tür des Schicksals auf, die sie direkt in die Arme von Dr. Guillaume Renard führte.

*****

Der Besuch von Sandrines Eltern war schon längst überfällig. Mit der Gewissheit im Gepäck, wahrscheinlich einer Operation entgegensehen zu müssen, die nicht ungefährlich ist, war es ihr ein Bedürfnis, ihre Eltern zu besuchen.

Rosalie Flaubert war eine Frau, die sich nicht so schnell aus dem Gleichgewicht bringen ließ. Umso überraschter war Sandrine, dass sie ihre Mutter in einer Gemütsverfassung antraf, die so gar nicht deren Naturell entsprach.

„Was ist los, Maman?", fragte Sandrine.

„Nichts", antwortete Rosalie, *„es ist alles in Ordnung, mein Kind."*

„Als du mich das letzte Mal so genannt hast, war ich noch ein Zwergerl, Maman", erwiderte Sandrine lächelnd.

„Ach, Sandrine", sagte Rosalie, begleitet von einem tiefen Seufzer.

„Also, was ist los, Maman?", wiederholte Sandrine ihre Frage.

Rosalie sah ihrer Tochter lang in die Augen, bis sie endlich sagte:

„Dein Vater hat beginnende Demenz."

Sandrine erschrak. Eigentlich war sie gekommen, um ihre Eltern mit ihrem Befund und der drohenden Operation vertraut zu machen. Und jetzt das…

„Vermutest du das oder ist es sicher?", fragte Sandrine.

„Es ist eine traurige Gewissheit", antwortete Rosalie, *„wir waren beim Arzt und der hat mit Papa diese Tests gemacht."*

„Wie bist du darauf gekommen?", fragte Sandrine, und dann erzählte ihre Mutter, dass Jules Flaubert immer öfter Namen vergessen hätte, dass er seine Brille gesucht hätte, die dann im Kühlschrank wieder aufgetaucht wäre, und dass sich eine Wesensänderung bei ihm eingestellt hätte.

„Und was sagt Papa zu alledem?", fragte Sandrine.

„Er tut es als Unsinn ab", erwiderte Rosalie. *„Du kennst ja deinen Vater; er ist halt ein alter Dickkopf."*

„Und wie geht das jetzt weiter mit euch?"

Rosalie sah Sandrine an und zuckte mit den Schultern.

„Wie soll es schon weitergehen?", erwiderte sie, *„solange er nicht das Haus anzündet, bleibt er hier bei mir. Und irgendwann später wird er wohl in ein Heim kommen."*

„Das tut mir so leid", sagte Sandrine und umarmte ihre Mutter. *„Wenn ich nur wüsste, wie ich euch helfen kann."*

„Mach dir keinen Kopf, Kind", erwiderte Rosalie, *„es wird schon irgendwie weitergehen. Und jetzt geh und begrüße Papa. Er hat sich schon sehr auf deinen Besuch gefreut."*

Sandrine ging zu ihrem Vater und umarmte ihn. Sie hielt ihn lange fest, als hätte sie Angst, ihn zu verlieren. Und irgendwie passte es auch, denn Jules Flaubert war schon längst auf dem Weg ins Verlorensein...

*****

Heute stand der Besuch im „Hôpital Saint Barbara" auf dem Programm. Sandrine hatte es unterlassen, ihre Eltern mit ihrem eigenen Problem zu belasten.

Als der Hausarzt von Sandrine ihr eröffnete, um wen es sich bei dem „Spezialisten" handeln würde, zögerte sie im ersten Moment, ob sie diese Adresse aufsuchen würde.

„Bitte, nehmen Sie Platz, Madame. Sie werden gleich aufgerufen."

Die junge Frau bei der Anmeldung war besonders freundlich. Überhaupt machte die Klinik einen recht guten Eindruck auf Sandrine. Die Wände waren nicht steril weiß und das Klinikpersonal kam in einem bunten Farbenmix daher.

Kaum dass Sandrine Platz genommen hatte, kam auch schon ein Arzt eiligen Schrittes auf sie zugestürmt. Es war der Médecin en Chef persönlich, Dr. Guillaume Renard.

„Hallo Sandrine!"

Guillaume strahlte über das ganze Gesicht. Es hatte den Anschein, als würde ein Mann seine Geliebte vom Bahnhof abholen, die nach einer langen Reise endlich angekommen war.

„Hallo Gii!"

Sandrine hatte Mühe, diese beiden Worten verständlich auszusprechen. Ihr Hals zog sich zu und ihr Blick verschleierte sich.

Guillaume bemerkte es. Er umarmte sie und sagte:

„Bonjour Bijou!"

Als Sandrine das hörte, liefen ihr die Tränen über das Gesicht und sie antwortete: *„Bonjour Toutou!"*

Man sagt, man könne die Zeit nicht zurückdrehen; aber in diesem Augenblick geschah es.

Zwei Menschen wurden für einen kurzen Moment in eine Zeit zurückversetzt, als sie fast noch Kinder waren und in einander verliebt, ohne sich dessen richtig bewusst zu sein.

„Komm, lass uns in mein Büro gehen", sagte Guillaume und legte sanft seinen Arm um Sandrine.

*****

Das Büro von Dr. Renard war nicht das, was man von dem Büro eines Chefarztes erwartet hätte. Es war eher unspektakulär. Kein Bild eines bekannten zeitgenössischen Künstlers, keine Pflanzen, einzig eine Ledercouch, sowie Schreibtisch, Sesseln und einem Computer.

„Wie geht es dir?", fragte Guillaume, *„und wie sind deine Schmerzen auf einer Skala von eins bis zehn?"*

Die routinemäßige Frage überraschte Sandrine. Es drückte die Hilflosigkeit aus, der sich Guillaume gerade ausgeliefert sah. Sandrine sah Guillaume an.

Guillaume hatte es weit gebracht. Er galt als Kapazität auf seinem Gebiet, und Chefarzt in seinem Alter zu sein, war nicht gerade alltäglich. Aber seine Unsicherheit war ihm seit Kindertagen geblieben.

„Es tut mir leid, Sandrine", sagte Guillaume, „es schmerzt mich einfach viel zu sehr, dass ich dich so wiedersehen muss."

„Das muss dir nicht leidtun", erwiderte Sandrine, „ich hab einen Tumor im Kopf, den du herausschneidest, und danach gehen wir fein essen."

„Du hast dich überhaupt nicht verändert", sagte Guillaume, den Sandrines Galgenhumor gerade sehr erleichterte.

„Ist das gut oder schlecht?", scherzte Sandrine weiter.

„Weder noch", erwiderte Guillaume, „ich freue mich ganz einfach, dass du hier bist."

Sandrine wurde auf einmal sehr ernst.

„Du wirst mir also den Schädel aufschneiden und darin herumwerkeln."

Die drastische Ausdrucksweise erschreckte Guillaume.

„Und wenn es dumm läuft, werde ich hinterher lallen und herumsabbern."

„Warum sagst du das?", fragte Guillaume entsetzt.

„Weil es passieren kann", erwiderte Sandrine, „habe ich nicht recht?"

Guillaume fühlte ein Unbehagen in sich aufsteigen. Er vermisste in diesem Augenblick das freche, selbstbewusste Mädchen, das sich vor nichts und niemand fürchtete.

„Ich könnte mich ja dann zu meinem Vater gesellen", fuhr Sandrine fort. *„Wir würden sicher ein prächtiges Paar abgeben ..."*

„Was ist mit deinem Vater?", fragte Guillaume.

„Papa hat Demenz", brach es aus Sandrine heraus. Sie begann heftig zu weinen und sah Guillaume hilfesuchend an.

Guillaume nahm Sandrine in seine Arme. Er presste sie fest an sich und hielt ihren Kopf.

„Alles wird gut, ma Bijou. Ich werde dich operieren, und es wird gut gehen. Ich verspreche es dir. Und dann fahren wir irgendwohin, wo es warm ist. Wir werden unter Palmen liegen und Cocktails schlürfen."

Guillaume hielt Sandrine immer noch fest. Er wiegte sie sanft hin und her, und Sandrine fühlte, wie wieder Ruhe in ihren Körper zurückgelangte. Sie löste sich sanft aus Guillaumes Armen und wischte ihre Tränen ab. Dann blickte sie ihn an und sagte:

„Aber vorher gehst du noch mit mir essen. Und du zahlst."

*****

Sandrine hatte die nötigen Voruntersuchungen hinter sich gebracht und mit Guillaume vereinbart, dass sie vor dem Eingriff noch ein paar persönliche Dinge erledigen wollte.

Dazu gehörte auch ein weiterer Besuch ihrer Eltern. Mutter Rosalie war erstaunt, als sie Sandrine sah.

„Erst kommst du nur alle heiligen Zeiten zu uns und jetzt innerhalb kürzester Zeit gleich zweimal. Welchem Umstand haben wir das denn zu verdanken?"

Sandrine erzählte ihrer Mutter von der bevorstehenden Operation, beschrieb diese jedoch als völlig harmlos, was diese in Wirklichkeit jedoch nicht sein würde.

Die Verabschiedung war von großer Herzlichkeit geprägt, und Sandrine bedauerte insgeheim, dass sie sich in den letzten Jahren zu wenig Zeit für die Eltern genommen hatte.

Ein weiterer, ebenso wichtiger Besuch, galt Monsieur und Madame Bouvier, den Eltern von Alain.

Sandrine hatte ein Testament aufsetzen lassen und eine Abschrift davon überreichte sie an Clément Bouvier.

„Lieber Clément und liebe Marianne. Ich habe dieses Testament gemacht, weil ich nicht weiß, ob ich die Operation gut überstehen werde. Sollte sie meinen Tod herbeiführen, dann möchte ich das großzügige Geschenk, das mir Alain gemacht hat, an euch geben."

Madame Bouvier bewegte sich am Rand einer Ohnmacht.

„Bitte, nicht, Sandrine. Das überlebe ich nicht. Erst mon petit chou und jetzt du. "

Bei aller Ernsthaftigkeit der Situation vermochte sich Monsieur Bouvier nicht zurückzuhalten. Er lachte und sagte:

„Aber nicht doch, mon petit mouton.[23] *Noch lebt sie ja noch, unsere gute Sandrine. "*

Madame Bouvier musste sich der Heiterkeit ihres Gatten anschließen. Sie umarmte Sandrine, küsste sie mehrmals auf beide Wangen und sagte:

„Dass du dich ja nicht traust, zu sterben. "

Eine Sache blieb jetzt noch: Franziska Römer aus Wien.

Sandrine hatte lange überlegt, ob sie Franziska anrufen sollte, um ihr telefonisch mitzuteilen, dass ihr eine schwere Operation bevorstünde.

Sie entschloss sich aber für einen Brief…

*****

---

[23] *Mein Schäfchen*

Liebe Franziska!

Wenn du diesen Brief in den Händen hältst, dann werde ich tot sein. Man hat bei mir im Kopf einen Tumor festgestellt, der in etwa die Größe einer Walnuss hat.

Die Operation war schwierig und sie ist leider nicht gut ausgegangen. Jetzt sitze ich – hoffentlich – auf irgendeiner Wolke und schaue dir beim Lesen des Briefes zu.

Es ist mir ein großes Bedürfnis, dir zu sagen, dass die wenige Zeit, die wir beide miteinander verbringen durften, für mich zu den schönsten meines kurzen Lebens zählt.

Ich habe durch dich eine Liebe gefunden, die ich mir mit einem Mann nicht vorstellen kann. Deine Zärtlichkeit und deine Hingabe haben mich schweben lassen.

Wie gern hätte ich unsere Beziehung fortgeführt. Vielleicht wäre ich sogar zu dir nach Wien gezogen. Wer weiß...

Aber so geht meine Reise jetzt woanders hin. Ich könnte mir vorstellen, dass ich vielleicht Alain wiedersehen werde. Ein schöner Gedanke; findest du nicht auch?

Liebste Franziska, ich wünsche dir, dass du glücklich wirst!

Für immer deine Sandrine

*****

Sandrine hatte den Brief für Franziska am Tag vor der Operation an Dr. Guillaume Renard übergeben, mit der Bitte, ihn abzuschicken, sollte sie die Operation nicht überlebt haben.

Hallo, Madame Flaubert und willkommen zurück im Leben!"

Sandrine vernahm die Worte wie durch eine Nebelwand. Sie sah Dr. Renard verwundert an. Wieso hatte er sie mit „Madame Flaubert" angesprochen und nicht mit „Sandrine"?

Sie öffnete die Augen ganz und bemerkte, dass Dr. Renard nicht allein war. Eine Entourage von medizinischem Personal umsäumte ihr Bett.

„Das Meningeom hatte einen stattlichen Durchmesser von 28 mmm und konnte gänzlich entfernt werden."

Sandrine fasste sich unwillkürlich an den Kopf und fühlte einen Verband.

„Wie fühlen Sie sich, Madame Flaubert?"

Sandrine sah von einer Person zur anderen, bis ihr Blick bei Dr. Renard hängen blieb.

„Zu viele Menschen", sagte sie, *„ich möchte gern allein sein."*

„Gehen Sie schon einmal voraus ins nächste Zimmer. Ich werde Ihnen gleich nachfolgen."

Mit diesen Worten schickte Dr. Renard seine Begleitung hinaus. Als sie gegangen waren, setzte sich Dr. Renard auf die Bettkante von Sandrine.

Er nahm behutsam ihre Hand, küsste sie und sagte:

„Schön, dass du wieder bei uns bist, Bijou."

Jetzt verstand Sandrine die förmliche Anrede im Beisein der anderen. Wie hätte das auf die Kollegen und Kolleginnen wirken müssen, wenn Sandrine mit „Toutou" geantwortet hätte?

„Ich habe da etwas für dich."

Mit diesen Worten reichte Guillaume Sandrine den Brief zurück, den sie ihm zur Verwahrung gegeben hatte.

„Wer ist das?", fragte Guillaume und deutete auf die Adresse auf dem Umschlag.

„Eine sehr liebe Freundin und tolle Frau aus Wien", antwortete Sandrine.

Guillaume sah Sandrine fordernd an. Er hätte nur allzu gern gewusst, was es mit dem Brief auf sich hatte.

„Das ist sehr persönlich", sagte Sandrine, als hätte sie Guillaumes Gedanken gelesen. *„Vielleicht erzähle ich es dir irgendwann."*

„Ist in Ordnung, Madame Flaubert", erwiderte Guillaume, *„jetzt schlafen Sie erst einmal und erholen Sie sich.*

Und später werde ich noch einmal nach Ihnen schauen und mit Ihnen über die Zukunft sprechen."

Sandrine lachte.

„Ich weiß schon", sagte sie, *„über Palmen am Meer und weißen Strand."*

Als Guillaume Stunden später zu ihr kam, hielt er einen kleinen Teller in der Hand, auf dem sich eine „Brioche à la Cannelle"[24] befand, aus deren Mitte eine kleine Kerze hervorragte.

„Eine <Tarte Florentine> konnte ich auf die Schnelle nicht auftreiben. Aber ich hoffe, die tut es auch."

Guillaume überreichte den süßen Gruß mit den Worten:

„Bon anniversaire, Bijou!"

Sandrines Augen füllten sich mit Tränen.

„Merci beaucoup, Toutou!"

*****

---

[24] *Zimtschnecke*

Die Genesung machte rasch Fortschritte. Sandrine begann schon am nächsten Tag mit leichter Physiotherapie.

Ihr Zimmer glich einem Blumenladen. Ihre Eltern, Madame und Monsieur Bouvier, sowie die meisten ihrer Kollegen und Kolleginnen waren mit Blumen gekommen.

Sie musste immer wieder an Franziska denken, und sie fühlte sich unwohl dabei. Ihre aufkommenden Gefühle für Guillaume, die von Tag zu Tag mehr wurden, kamen ihr vor wie ein Verrat an Franziska.

Inzwischen waren schon zwei Wochen vergangen und ihre anfängliche Zerrissenheit hatte sich nun in eine Entscheidung verwandelt. Sie wollte ein Leben mit Guillaume.

Sie hatte ihn geküsst, als er ihr die „kleine Torte" brachte, und mit jedem weiteren Kuss fühlte sie sich stärker zu ihm hingezogen.

Guillaume war die Zukunft und Franziska würde eine süße Erinnerung bleiben müssen.

Sandrine war fest entschlossen, Franziska dahingehend zu informieren. Sie musste unbedingt einen neuen Brief schreiben; aber sie hatte große Angst davor…

*****

Liebe Franziska!

„Ich hatte vor ein paar Tagen eine schwere Operation. Ein Meningeom, das ist ein Tumor, hat mir im wahrsten Sinn des Wortes immer wieder starke Kopfschmerzen gemacht.

Dr. Guillaume - ich habe dir von ihm erzählt – hat mich operiert.

Das ist der Mann, der bei der Beerdigung von Alain seiner Mutter Erste Hilfe geleistet hat. Ein Jugendfreund.

Also dieser Dr. Guillaume hat mir den Tumor entfernt. Er war 28 mm groß. Und er war gutartig.

Jetzt muss ich jeden Tag Übungen machen...

Was ich dir eigentlich sagen will, Guillaume und ich mochten uns schon als Kinder gut leiden. Und jetzt habe ich mich in ihn verliebt.

Liebe Franziska, ich könnte verstehen, wenn du jetzt nicht mehr weiterlesen wolltest; aber so etwas passiert ganz einfach. Genauso wie es damals mit uns beiden passiert ist.

Ich hoffe, du kannst mir verzeihen, und wir können Freundinnen bleiben.

Immer noch in Liebe,

Deine Sandrine

Sandrine hatte den Brief mehrmals zerrissen und von Neuem begonnen. Aber jede neue Fassung war um nichts besser als die vorherige.

Diese Version des Briefes behielt sie am Ende bei, obwohl sie ihn am liebsten auch wieder zerrissen hätte.

Die Physiotherapie hatte Sandrine geholfen. Sie fühlte sich von Tag zu Tag besser.

„Ich habe hier etwas für dich."

Mit diesen Worten legte Guillaume Prospekte auf Sandrines Bett und fügte hinzu:

„Weißer Sandstrand und Palmen, wie versprochen."

Sandrine nahm den obersten der Prospekte in die Hand und begann darin zu blättern. Dann legte sie ihn wieder zurück und sagte:

„Ich habe etwas viel Besseres."

„Und was soll das sein?", fragte Guillaume.

„Das sage ich dir erst, wenn du mir sagst, wann ich endlich entlassen werde. Ich fühle mich gut und ich möchte nach Hause."

Guillaume ergriff die Hand von Sandrine und erwidere:

„Eigentlich könntest du gleich nach Hause gehen; aber du musst dich noch sehr schonen. Die Operation war schließlich keine Kleinigkeit. Und dann kommt erst noch die Reha."

„Wunderbar, Herr Doktor", sagte Sandrine, *„dann kümmern Sie sich um meine Entlassungspapiere, und dann sage ich Ihnen, wo ich meine Reha machen kann und wo wir beide gleichzeitig Urlaub machen werden."*

Guillaume mochte die leichte Art, mit der Sandrine an Dinge heranging, die für andere Menschen ein Gebirge darstellten. Er erinnerte sich, dass Sandrine schon als Kind so war.

Als Guillaume die gewünschten Unterlagen brachte, erzählte Sandrine von ihrer Jagdhütte, und dass es der perfekte Ort wäre, um in frischer Luft und völliger Ruhe die Seele baumeln lassen zu können.

„Anstelle von Palmen haben wir Tannen und Fichten und anstatt weißen Sand haben wir duftenden, moosigen Waldboden."

„Das klingt gut", erwiderte Guillaume, *„gibt es auch Taschenlampen und genug Kerzen für die Beleuchtung?"*

„Du bist ein Snob", erwiderte Sandrine, *„wir haben Strom, fließend Wasser aus eigenem Brunnen und Kerzen für die Romantik."*

*****

Sandrine hatte das Krankenhaus verlassen und war zu ihren Eltern gefahren. Es war ihr wichtig, dass sie sehen konnten, dass es ihrer Tochter gut geht.

Rosalie Flaubert freute sich sehr darüber, lediglich Sandrines Papa nahm keinen Anteil daran. Er hatte Sandrine nicht erkannt. Inzwischen stand es fest. Jules Flaubert hatte Alzheimer.

„Es tut mir so leid, dass Papa dich nicht erkennt. Es ist so unterschiedlich. An einem Tag ist alles ganz normal, und am nächsten Tag erkenne ich deinen Vater nicht wieder. Das tut so weh.“

Sandrine umarmte ihre Mutter.

„Ich ziehe mich für ein paar Wochen zurück, um zu regenerieren. Aber danach werde ich mich um dich und Papa kümmern. Du wirst sehen, wir finden eine Lösung.“

Rosalie Flaubert lächelte. Sie gab ihrer Tochter einen Kuss und sagte:

„Vielen Dank, mein Engel. Hauptsache, du wirst wieder ganz gesund.“

Ein weiterer Besuch galt den Bouviers, um ihnen von ihrem Vorhaben auf der Hütte zu berichten. Und auch, dass sie sich dort unter der ärztlichen Aufsicht von Dr. Renard befände.

Danach machte Sandrine noch einen kurzen Abstecher in ihr Geschäft, um das eine oder andere Liegengebliebene zu ordnen.

Sie hatte damit gerechnet, dass evtl. ein Brief von Franziska aus Wien unter ihrer Post sein könnte, was jedoch nicht der Fall war. Und irgendwie war sie erleichtert darüber.

*****

Guillaume war genauso überrascht wie Sandrine, als sie damals zum ersten Mal vor der Jagdhütte stand.

Und Sandrine war überrascht, als sie sah, dass Madame Bouvier dafür gesorgt hatte, dass der Kühlschrank randvoll angefüllt war und dass die Betten bezogen waren.

„Das ist ja unglaublich", sagte Guillaume, nachdem sie das Innere der Hütte betreten hatte und Sandrine ihm eine Führung angedeihen ließ.

„Und das alles gehört dir? ", fragte er ungläubig.

„Ja, Toutou. Mit Brief und Siegel. "

„Lass uns die Sachen ins Schlafzimmer bringen", sagte Sandrine und nahm ihren Koffer in die Hand, um ihn die Treppe hinaufzutragen.

„Das lässt du schön bleiben, Bijou", sagte Guillaume, *„körperliche Anstrengungen sind noch für eine Weile tabu."*

Guillaume nahm beide Koffer und folgte Sandrine die Treppe hinauf zum Schlafzimmer. Dort setzte er die Koffer ab und sagte:

„Du legst dich jetzt ein bisschen nieder und ruhst dich aus. Und keine Widerrede. Das ist eine ärztliche Anordnung."

„Jawohl, Herr Doktor", erwiderte Sandrine und begann sich auszuziehen. Guillaume wollte sich umdrehen und das Zimmer verlassen, als er Sandrines Stimme hörte:

„Das lässt du schön bleiben, Toutou. Du legst dich jetzt zu mir und hältst mich ganz fest. Das ist eine liebevolle Anordnung einer rekonvaleszierenden Patientin."

Sandrine hatte sich völlig entkleidet und ins Bett gelegt. Als Guillaume sich umdrehte, um beim Entkleiden Sandrine den Rücken zuzukehren, vernahm er erneut ihre Stimme:

„Das lässt du jetzt schön bleiben, Herr Doktor. Ich kaufe doch nicht die Katze im Sack. Zeige dich mir in all deiner Herrlichkeit."

Guillaume drehte sich langsam um. Eine leichte Röte stieg in sein Gesicht und sein ganzer Körper wurde von einer heftigen Erregung ergriffen.

"Komm zu mir, Toutou und liebe mich. Ich sehne mich so sehr nach dir."

Sandrine schlug die Bettdecke zurück und bot ihren Körper den Blicken eines Mannes dar, der gerade in einer Wolke der Glückseligkeit versank.

Guillaume legte sich zu Sandrine und bedeckte ihren ganzen Körper mit leidenschaftlichen Küssen. Dann näherte er sich ganz behutsam der Vereinigung ihrer Körper mit größter Zärtlichkeit, und Sandrine empfing ihn mit all ihrer Hingabe.

*****

Die Tage im „Cocon d`amour"[25] – Sandrine hatte die Jagdhütte so getauft – vergingen wie im Flug. Tägliche, kleine Spaziergänge an der frischen Luft, lange Abende vor der Hütte mit edlem Wein und guten Gesprächen nährten Körper und Seele.

Hinzu kamen endlose Zärtlichkeiten durch Sprache und bei körperlichen Begegnungen.

Guillaume fuhr gelegentlich in die Klinik, während Sandrine sich einem Buch widmete. Nach drei Wochen war die Reha der außergewöhnlichen Art zu Ende. Guillaume nahm seinen Dienst wieder auf und Sandrine kümmerte sich um ihr Geschäft.

*****

---

[25] *Kokon der Liebe*

Die Alzheimer Erkrankung von Jules Flaubert hatte einen progressiven Verlauf genommen, sodass am Ende nichts anderes übrig blieb, als ihn in ein Heim zu geben.

Jules Flauberts Aussetzer waren so häufig geworden, dass die wenigen lichten Momente sein Zuhausebleiben nicht mehr rechtfertigten. Hinzu kam noch seine Aggressivität, die sich auch wider seine Ehefrau richtete.

Rosalie hatte sich lange dagegen gesträubt; aber Sandrine hatte nicht lockergelassen. Die Einladung Sandrines, die Mutter möge zu ihr ziehen, lehnte Rosalie ab. Ebenso weigerte sich Sandrine, in das Haus ihrer Eltern zu ziehen.

Und so beließ man es bei gegenseitigen Besuchen und gelegentlichen gemeinsamen Besuchen im Pflegeheim von Jules Flaubert.

Guillaume hatte Sandrine gefragt, ob sie vielleicht zu ihm ziehen wolle; aber auch das fiel nicht auf fruchtbaren Boden.

Das alles sollte sich jedoch ändern, als Sandrine erfuhr, dass sie schwanger war.

„Wir bekommen ein Kind."

Diese bedeutsamen Worte von Sandrine klangen eher wie *„Morgen kommt der Maler"* oder *„Ich gehe jetzt zu Bett."*

Während Sandrine diese Tatsache wie ein Todesurteil empfand, drohte Guillaume fast zu zerspringen vor lauter Freude.

„Ist das wirklich wahr?", fragte er, *„ich werde Vater?"*

Sandrine sah in die leuchtenden Augen von Guillaume, und ein kleiner Teil seiner Freude begann sie gerade zu bedrohen.

„Mir scheint, du freust dich wirklich?", sagte sie ungläubig, worauf Guillaume erwiderte:

„Was für eine Frage, Bijou. Natürlich freue ich mich. Wir müssen es unbedingt unseren Eltern sagen."

„Sachte, sachte", erwiderte Sandrine, *„lass uns noch eine Weile warten, bis es gewiss ist."*

Guillaume nickte.

„Du hast recht. Genauso machen wir es. Aber heute Abend feiern wir. Nur wir beide."

Hätte Guillaume die Gedanken von Sandrine lesen können, wäre er wahrscheinlich weniger euphorisch gewesen. Sandrine erwog, die Schwangerschaft abzubrechen.

Manchmal passieren Dinge, die zu erklären unmöglich sind.

So zum Beispiel, dass in den kommenden Tagen und Wochen Sandrine eine unglaublich große Menge Frauen mit Kinderwagen begegneten. Und auch viele Schwangere.

Es mutete an, als wolle das Schicksal Sandrine ein Zeichen senden. Natürlich war diese Wahrnehmung nur ein Trugschluss. Es wären genauso viele Begegnungen mit Kinderwagen und Schwangeren gewesen, auch ohne Sandrines Zustand.

Aber es zeigte trotzdem Wirkung. Der Gedanke eines Schwangerschaftsabbruchs wurde immer mehr in die Enge getrieben, bis er sich schließlich ergab.

Die nächste Prüfung, die auf Sandrine zukam, war der Heiratsantrag von Dr. Guillaume Renard. Diese schaffte sie jedoch ohne Mühe. Sie nahm ihn freudestrahlend an.

Die Hochzeit fand im Haus von Hugo Renard und Emma statt. Und alle, alle kamen, auch das Ehepaar Bouvier. Die Verwandtschaft, welche zur Familie Renard gehörte, war riesig. Vonseiten Sandrines kam nur die Mutter Rosalie. Jules Flaubert hatte sich schon längst in seine eigene, den anderen unzugängliche Welt, verabschiedet.

Sandrine hatte Franziska geschrieben und sie eingeladen. Ihr Brief kam jedoch mit dem Vermerk „Annahme verweigert" zurück.

*****

Am 27. Oktober, um 04:30 Uhr kam Sarah Renard auf die Welt. Sie maß 48 cm und wog 3.720 Gramm.

Der Vater Guillaume war glückselig, und die Schwierigkeiten Mutter vs. Tochter waren schon in die Wiege gelegt.

Das erste Weihnachtsfest fand im Haus von Guillaumes Eltern statt. Ein riesiger Weihnachtsbaum war im Salon aufgestellt worden und davor türmten sich die Geschenke für die kleine Sarah.

Sandrine war nicht glücklich darüber. Sie befürchtete, dass ein Kind, so man es in einem unangemessenen Ausmaß verwöhnt, nicht gut gedeihen würde.

Aber leider war die Liebe des Vaters, der seine kleine Prinzessin schon vor deren Geburt abgöttisch liebte, stärker als alle Argumente der Mutter.

Im kommenden Frühjahr verstarb Jules Flaubert allein in seinem Pflegeheim. Seine Frau Rosalie hatte schon längere Zeit keinen Kontakt mehr dorthin. Jules Flaubert war ein Fremder geworden, der aufgehört hatte zu reden und nur noch regungslos in ein großes, dunkles Loch starrte.

Rosalie vergoss keine einzige Träne bei der Beerdigung von Jules. Ihre Tränen waren schon vor langer Zeit versiegt. Sie vermietete das Haus und zog in ein staatliches Seniorenheim.

Sandrine besuchte sie regelmäßig mit ihrer Tochter, und es machte sie traurig, wenn sie ihre Mutter ansah, wie diese mit versteinerter Miene den Besuch über sich ergehen ließ. Selbst die kleine Sarah vermochte Rosalie kein Lächeln hervorzulocken.

Zwei Jahre später verstarb auch der Vater von Guillaume.

Madame Renard konnte überraschend gut damit umgehen. Sie verkaufte die Firma samt der dazugehörigen Villa, kaufte sich von der Hälfte des Erlöses in einer privaten Luxusseniorenresidenz mit angeschlossenem Golfplatz ein, legte den Rest in Aktien an und genoss das Leben.

Die andere Hälfte bekam Guillaume, der damit ein schönes Haus in der Peripherie von Paris erwarb und es herrichten ließ. Ein großer Pool, diverses Spielgerät für Sarah und ein Garten mit Obstbäumen und Gemüse vervollkommneten das Anwesen.

Zweieinhalb Jahre intensives Bemühen, Sarah eine fruchtbringende Erziehung beizubringen, hatten nur wenig Erfolg gebracht, was dazu führte, dass eine gestandene Erzieherin eingestellt wurde, mit der Auflage, das junge Wesen vor sich selbst und anderen zu bewahren.

Madame Braissac, 56 Jahre alt, kampferprobt durch ihre langjährige Arbeit als Erzieherin in einem Internat, nahm die Aufgabe gern an, zumal sie durch Heirat ihre frühere Tätigkeit aufgeben musste. Inzwischen geschieden, stand sie der Arbeitswelt wieder zur Verfügung.

Sandrine konnte endlich wieder vollzeitmäßig ihre Lieblingstätigkeit aufnehmen und neue Kreationen für allerlei köstliche Torten, Schokoladen und Pralinen schaffen.

Eine dieser Kreationen nannte sie „Gâteau Sarah", mit einem großen Anteil Zartbitterschokolade und einem Hauch Chili.

Dr. Guillaume verbrachte den größten Teil seiner Zeit in der Klinik, und gab an den Wochenenden den liebevollen Papa.

Schon nach wenigen Wochen konnte das Unternehmen „Wildpferd Sarah" einen ersten Erfolg verbuchen. Madam Braissac war jeden Euro wert.

Sarah hatte einige neue Worte in ihren Wortschatz aufgenommen. Unter anderem Worte wie „danke" und „bitte". Nicht, dass sie diese nicht schon vorher gekannt hätte; aber nun benützte sie diese auch regelmäßig.

Zu ihrem 5. Geburtstag bekam Sarah ein Pony. Es war in einem Gestüt in der Nähe untergestellt, und Sarah bekam dort Unterricht.

Bertrand Marat, der Reitlehrer von Sarah, war sehr angetan von der jungen Reiterin. Er lobte sie in den höchsten Tönen, und Sarah legte einen Eifer an den Tag, der ungewöhnlich bei ihr war. Es war offensichtlich: Sie entwickelte eine förmliche Passion für die Reiterei.

*****

Die kommenden Jahre verliefen ohne nennenswerte Höhepunkte. „Business as usual" könnte man sagen. Sandrine weitete ihr Imperium aus, Guillaume rettete Menschenleben, Sarahs Reitkünste wurden immer besser, und Madame Braissac behielt den Überblick.

Sarah gewann mit dreizehn Jahren ihr erstes Turnier. Ausgerechnet an ihrem großen Tag, wurde Guillaume überraschend in die Klinik gerufen, weil eine Patientin der VIP-Klasse einer Operation bedurfte.

Als „bien-aimé"[26] Papa bei der Siegerehrung nicht zugegen war, beschloss Sarah, ihren Vater künftig zu hassen. Er erhielt den Status „mal-aimé".[27] Der Hass hielt unglaubliche fünf Jahre.

Zu ihrem 18. Geburtstag bekam Sarah von dem in Ungnade gefallenen Papa ein eigenes Reitpferd, und Guillaume damit seinen Status „bien-aimé" wieder zurück.

Sarah gewann fortan Turnier um Turnier, und Guillaume verpasste auch nicht eine einzige Siegerehrung.

Bedenken, dass Sarah zu sehr verwöhnt werde, seit vielen Jahren gebetsmühlenartig von Sandrine und Madame Braissac vorgebracht, wurden vom stolzen Vater einfach weggewischt.

---

[26] *Geliebt*
[27] *Ungeliebt*

Madame Braissac, schon längst im Rentenalter angekommen, wohnte immer noch im Haus Renard. Sie war im Laufe der Jahre zum Familienmitglied geworden.

Während Sandrine und Guillaume Madame Braissac bei ihrem alten, sehr schönen Vornamen „Joscelin" nannten, wurde sie von Sarah „Josie" genannt, in Anlehnung an eine amerikanische Schauspielerin.

Einwände von Sarahs Eltern wurden von Madame Braissac entkräftet. Ihr gefiel die Namensgebung, empfand sie sich doch selbst ein wenig als „Grand-mère" für Sarah.

Anlässlich eines Turniers in Luzern traf Sarah auf den Schweizer Reiter und Olympiateilnehmer Urs Morel und verliebte sich in ihn.

Urs Morel war ein „Beau" und ein „Womanizer" in Personalunion. Als Sandrine ihm zum ersten Mal begegnete, wurde sie schmerzhaft an ihre eigene Vergangenheit erinnert. Der wesentliche Unterschied zu Armand Leconte bestand darin, dass der Mann aus der Schweiz intellektuell höher einzustufen war als Armand.

Sarah himmelte den zwölf Jahre älteren Urs an. Das hielt jedoch nur so lange, bis sie dem Reitersmann die bevorstehende Vaterschaft kündete.

Urs Morel, trotz moralischen Defizits ein Gentleman, machte Sarah einen Antrag. Ein Skandal hätte auch nicht gut zu seinem Nimbus als tadelloser Sportsmann gepasst.

Die Hochzeit war ein gesellschaftlicher Höhepunkt. Viele glanzvolle Gäste, zum Teil hoch zu Ross, um vor der Kirche ein Spalier zu bilden, und eine Schar Fotografen lockten viele Gaffer an. Und die Regenbogenpresse brachte Bilder auf Hochglanzpapier mit entsprechenden Kommentaren.

Ein knappes, halbes Jahr später kam Mimi Morel auf die Welt und wieder waren die Zeitschriften voll davon.

Die Villa von Urs Morel lag direkt am Vierwaldstättersee. In einer Vitrine im Wohnzimmer war eine beträchtliche Anzahl Siegestrophäen untergebracht. Sie bildete den Mittelpunkt. Hinzu kamen Bilder aus seiner erfolgreichen Karriere, mit denen die Wände tapeziert waren. Urs Morel war das Paradebeispiel eines Narzissten.

Mit der Hochzeit und der Taufe des Kindes war der Reputation Genüge getan geworden, und Urs Morel konnte nun sein eigentliches Leben wieder aufnehmen. Er reiste durch die Lande, bestritt diverse Turniere und bestieg außer seinem Pferd auch noch andere Lebewesen.

Sarah saß in ihrem goldenen Käfig, mit Kind und Hauspersonal und pflegte ihren Frust…

*****

Sandrine war von Anfang an gegen eine Verbindung ihrer Tochter mit dem Schweizer Reitersmann. Sie mochte ihn nicht und sie machte auch keinen Hehl daraus. Zumindest nicht Guillaume gegenüber.

Sarah darauf anzusprechen, wäre vergebene Liebesmüh gewesen. Ratschläge ihrer Mutter behandelte sie – im wahrsten Sinn des Wortes - wie „verbale Schläge".

Sandrine fragte sich manchmal, warum das so sein musste. Sie hatte zu ihrer eigenen Mutter nie so ein schlechtes Verhältnis. Sicher, hie und da gab es Differenzen, die aber niemals in Hass umschlugen. Das hätte der Respekt schon gar nicht zugelassen, den sie ihrer Mutter zeitlebens entgegenbrachte.

Natürlich hinterfragte sich Sandrine auch, ob es an ihr läge. Zugegeben, was die Erziehung anging, so hatte sie nicht wesentlich viel dazu beigetragen. Den maßgeblichen Anteil hatte zweifellos Madame Braissac. Aber das allein konnte es wohl kaum sein.

Guillaume kam da schon besser weg. Er war der strahlende Held, der seiner „Petite Princess" jeden Wunsch von den Lippen ablas.

Und jetzt war Sarah selbst Mutter, lebte weit weg, und die Verbindung zu ihr bestand aus gelegentlichen Telefongesprächen und irgendwelchen Berichten in der Klatschpresse, wobei sich diese eher auf Urs und dessen Beziehungen zu diversen Damen bezogen.

*****

Der fünfte Geburtstag von Mimi war Anlass für ein großes Fest in der Villa Morel. Sandrine und Guillaume waren ebenso geladen wie die Eltern von Urs. Weitere Gäste rekrutierten sich aus dem Freundeskreis, der zum Teil aus Müttern gleichaltriger Kinder wie Mimi stammten. Madame Braissac hatte sich sehr gefreut, als Sarah ihr eine Einladung schickte. Sie lehnte jedoch dankend ab, weil ihr die weite Reise zu beschwerlich erschien.

Sandrine hatte eine mehrstöckige Torte für Mimi gebacken. Der Transport erfolgte in einem Spezialbehälter mit Kühlvorrichtung. Das war der Grund, warum Guillaume die fast achtstündige Fahrt mit dem Auto auf sich nahm. Der Fahrt war eine längere Diskussion vorausgegangen, weil Guillaume lieber geflogen wäre. Aber dann eben ohne Torte.

Als sie angekommen waren und die Torte ins Haus trugen, konnte Sarah es nicht unterlassen, auf die Sinnlosigkeit der Aktion hinzuweisen und dem armen Papa ihr tiefes Mitgefühl ob der erduldeten Strapazen auszusprechen.

Einzig Mimi schlug sich auf Sandrines Seite. Sie fiel grand-mère um den Hals und gab ihr viele Küsse.

Urs Morel war nicht zugegen. Er nahm an einem wichtigen Turnier im Ausland teil und schickte Mimi eine Videobotschaft, die er vorab schon irgendwann aufgenommen hatte.

Die Eltern von Urs verhielten sich Sandrine und Guillaume gegenüber betont reserviert. Es war auch klar erkennbar, dass das Verhältnis zwischen ihnen und ihrer Schwiegertochter nicht das war, was man sich wünschen würde.

Als Sandrine und Guillaume erfuhren, dass sie nicht in der Villa nächtigen würden, sondern in einem Hotel untergebracht waren, war Guillaume entsetzt.

Die Enttäuschung wog schwer, zumal die Eltern von Urs in der Villa verblieben, obwohl deren Zuhause gerade einmal knappe achtzig Kilometer entfernt lag.

Sandrine erlebte Guillaume zum ersten Mal wütend. Sie musste alles aufwenden, um ihn davon abzuhalten, nicht auf der Stelle wieder abzureisen. Bei der Länge der Strecke wäre es unverantwortlich gewesen, noch am selben Abend wieder zurückzufahren.

Sandrine und Guillaume verließen das Geburtstagsfest schon nach wenigen Stunden, unter dem Vorwand einer Unpässlichkeit.

Als Sarah ihre Eltern bitten wollte, noch zu bleiben, antwortete Guillaume:

„Ich werde dir nie verzeihen, was du Maman und mir angetan hast."

Er nahm Sandrine bei der Hand und sagte:

„Lass uns gehen; wir haben mit diesen Leuten nichts mehr zu tun…"

*****

Der Vorfall bei Mimis Geburtstag hatte sich tief in Guillaumes Seele eingebrannt. Sandrine hatte mehrmals versucht, Guillaume zu beschwichtigen; aber ohne Erfolg. Er lehnte jeglichen Kontakt mit Sarah ab. Die Enttäuschung saß einfach zu tief.

Sandrine telefonierte gelegentlich mit Sarah, auch um sich nach dem Befinden von ihrem Enkelkind zu erkundigen, und Sarah schickte immer wieder einmal ein Bild von Mimi.

Das Verhältnis von Mutter und Tochter hatte sich verändert. Nicht, dass die große Liebe erwacht wäre, aber Sarah schien sich besonnen zu haben, dass sie in der Schweiz auf sich gestellt war. Liebe bekam sie weder von ihren Schwiegereltern, geschweige denn von ihrem Mann.

Die Bilder, die von Urs und seinen Gespielinnen kursierten, spiegelten unverhüllt wieder, was er von der Institution „Ehe" hielt.

Sarah hielt dennoch an ihrer Ehe fest. Ihr Stolz hätte es nie zugelassen, wieder nach Hause zurückzukehren, wo sie gern aufgenommen worden wäre. Selbst von ihrem Vater, der sie im Grunde seines Herzens immer noch liebte und sehr vermisste.

Nur ein Jahr später stand in den Gazetten zu lesen:

„Sarah Morel feiert ihr Comeback im Sattel!"

*****

Die unrühmliche Geburtstagsfeier ihres Enkels Mimi hatte auch etwas Gutes zur Folge. Es hatte schon auf der Rückfahrt nach Paris begonnen.

Sandrine konnte Guillaume überreden, auf halber Strecke stehen zu bleiben und zu übernachten. Die Wahl fiel auf Auxerre, eine Stadt in der Region Bourgogne-Franche-Comté, am Fluss Yonne gelegen.

Eine Stadt mit einer gotischen Kathedrale, einer malerischen Altstadt und eindrucksvollen Fachwerkhäusern. Außerdem gibt es noch „Les Promenades", den „grünen Boulevard" an der ehemaligen Festungsanlage, der gesäumt von Blumen, Rasen und Linden noch einen Garten im französischen Stil aufweist.

Und nicht zu vergessen: Auxerrois – die bekannte Rebsorte aus der Gegend um Auxerre. Aus ihr wird ein köstlicher Wein hergestellt mit einer typischen Honignote.

Je länger die Fahrt dauerte, umso ruhiger wurde Guillaume. Er hatte sich den Ärger von der Seele geredet und Sandrine hatte ihm geduldig dabei zugehört.

„Was hältst du davon, wenn wir irgendwo übernachten? Wir suchen uns ein Hotel in einer kleinen Stadt, essen schön, trinken guten Wein und fallen betrunken ins Bett."

„Der Gedanke gefällt mir, Bijou", sagte Guillaume, *„und hast du schon eine Idee, wo das sein könnte?"*

„Habe ich, Toutou", erwiderte Sandrine, *„ich habe mir die Karte angeschaut. Was hältst du von Auxerre? Das ist ungefähr die Hälfte der Strecke."*

„Einverstanden", sagte Guillaume, *„da gibt es auch guten Wein."*

„Verkündet und beschlossen. Ich freue mich schon darauf."

In Sandrines Stimme lag so viel Fröhlichkeit, als sie das sagte. Sie fühlte sich Guillaume so nahe wie schon lange nicht mehr.

Und das feine Lächeln in Guillaumes Gesicht ließ erkennen, dass er ähnlich fühlte wie Sandrine.

*****

Guillaume hatte im „Paradis Auxerre" eine Suite gebucht mit Blick auf die Yonne.

Nachdem sie sich eingerichtet und erfrischt hatten, machten sie einen Spaziergang durch die malerische Altstadt. Sie setzten sich in eines der vielen Straßencafés und beobachteten die vorbeischlendernde Menge.

„Ich bin sehr froh, dass du die Idee mit dem Zwischenstopp hattest", sagte Guillaume.

Sandrine sah in das Gesicht des Mannes, der sich in den vergangenen Jahren etwas von ihr abgewandt hatte.

Es lag sicher keine böse Absicht dahinter, aber es war ganz einfach geschehen.

„Ich freue mich, dass wir hier sind, Toutou", erwiderte Sandrine und ein wohliges Gefühl erfasste sie. Es mag bestimmt zum Teil an der Sonne gelegen haben; aber das allein war es nicht.

Die Tatsache, dass sie wieder ihre Kosenamen verwendeten, war ein deutliches Zeichen dafür, dass sie wieder etwas füreinander empfanden.

„Wollen wir uns noch die Kathedrale ansehen?", fragte Guillaume. Sandrine war überrascht. Das hätte sie nicht erwartet.

„Sehr gern", antwortete sie, *„und danach sollten wir uns ein Restaurant aussuchen. Mir knurrt schon leicht der Magen."*

Guillaume und Sandrine verließen das Café und gingen wie zwei Verliebte, Hand in Hand, zur Kathedrale.

Die Kathedrale liegt im Zentrum der Altstadt auf einem Hügel über der Yonne. Saint-Étienne wurde 1215 begonnen, also ungefähr zur gleichen Zeit wie Reims und Amiens, hat dann aber mehrere Bauphasen erlebt. Die Fassade stammt aus dem ausgehenden 13. Jahrhundert, der Nordturm wurde bis ins 16. Jahrhundert hinein gebaut.
Die Krypta besitzt bedeutende Fresken in der Scheitelkapelle. Ein sehr ungewöhnliches Fresko stammt aus der Mitte des 12. Jahrhunderts: „Christus auf einem

weißen Pferd", umgeben von vier Engeln, ebenfalls auf Pferden.

In der Kathedrale von Auxerre befindet sich eine Orgel aus der Werkstatt Oberthur. Sie wurde 1986 errichtet und hat 47 klingende Register auf vier Manualen und Pedalen.
Von 1953 bis 1960 war Jacques Berthier Organist der Kathedrale. Der Komponist wurde am 27. Juni 1923 in Auxerre geboren und ist am 27. Juni 1994 in Paris verstorben.

Bei einem der Altäre, die in kleinen Nischen angebracht waren, vor denen ein Metallgestell mit vielen Kerzen aufgestellt war, blieben die beiden Verliebten stehen.

Und dann geschah etwas Magisches. Guillaume zündete eine der Kerzen an und stellte sich vor den Altar. Er leget die Hände übereinander und schloss die Augen.

Sandrine blieb regungslos stehen. Sie sah zu dem Altar und begann ein Gebet zu sprechen. Es war nicht irgendein vorgefertigtes Gebet, es waren ihre Gedanken und Gefühle, die still aus ihrer Seele sprachen.

Guillaume und Sandrine hatten die Kirche wieder verlassen und machten sich auf den Weg zum „Temple Gourmand", einem Restaurant in der Nähe. Die Geschäftsführerin ihres Hotels hatte einen Tisch für sie bestellt.

*****

MENUE	MENÜ
Poêlée de chaire de cuisses de grenouilles, gnocchis, champignons des bois et crème d'ail et persil	Gebratenes Frosch-schenkelfleisch, Gnoc-chi, Waldpilze und Knoblauch-Petersi-lien-Creme
***	***
La brandade de morue, compotée d'aubergi-nes et crème des bisque de homard	Kabeljau-Brandade, Auberginenkompott und Hummerbiskuit-creme
***	***
La panna cotta vanille et rhum léger, coulis passion et crumble	Panna Cotta mit Va-nille und leichtem Rum, Passionsfrucht-Coulis und Streusel
***	***
L'assortiment de 5 chocolat ganache et le café	Sortiment aus 5 Scho-koladen-Ganache und Kaffee
***	***

Das Essen im „Temple Gourmand" war überwältigend. Sandrine und Guillaume hatten Mühe, all die Köstlichkeiten zu verspeisen.

Der Kellner hatte einen „Auxerrois Vieilles Vignes" als Speisebegleiter empfohlen, und das war eine sehr gute Wahl.

Die dezente Säure, seine cremige Textur und die Aromen, die nach Kiwi, Litschi und Pfirsich schmeckten, in einem harmonischen Zusammenspiel von Hefe, Nüssen und Honig waren ein Erlebnis.

Und als kleine Verdauungshilfe einen „Marquis de Sauval", einen Armagnac, der in Nase und Gaumen eine Revolution entfacht.

„Ich brauche jetzt unbedingt Bewegung", sagte Sandrine, die sich über sich selbst gewundert hatte, dass sie die mächtige Speisefolge bewältigen konnte.

„Dann machen wir einen kleinen Abendspaziergang", erwiderte Guillaume, *„der wird uns sicher guttun."*

Das gemütliche Gehen durch die nächtlichen Straßen hatte seinen ganz besonderen Reiz. Die alten Laternen verbreiteten ein warmes Licht und das eine oder andere Gebäude war geschmackvoll beleuchtet.

Sandrine und Guillaume waren schon fast eine ganze Stunde unterwegs, bevor sie wieder zurückgingen.

Als sie im Hotel angekommen waren, bestellte Guillaume eine Flasche Champagner aufs Zimmer.

„Bist du glücklich, Bijou?", fragte Guillaume, als sie eng aneinandergeschmiegt im Bett lagen.

„Sehr sogar", antwortete Sandrine, *„ich war lange nicht mehr so glücklich."*

Sandrine küsste Guillaume, und in ihrem Kuss lag die zärtliche Aufforderung, sie wolle geliebt werden.

Guillaume kam dieser Aufforderung mit jeder Faser seines Körpers und seiner Seele nach, und der ganze Raum war erfüllt von Leidenschaft und Harmonie...

*****

Das fulminante Comeback der passionierten Reiterin Sarah Morel verlief nicht so, wie man es erwartet hatte.

Sarah hatte ein neues Pferd, eine Stute mit Namen „Amazone". Das Problem war, dass Pferd und Reiterin nicht zusammenfinden konnten.

Pferde sind von Natur aus sehr sensible Wesen, und die Unausgeglichenheit und die Ungeduld von Sarah sprangen auf das Pferd über.

So kam es, dass Sarah das eine oder andere kleinere Turnier mit vorderen Plätzen beenden konnte, aber bei den interessanten, großen Turnieren versagte.

Das hatte zur Folge, dass die Presse Häme über sie ausschüttete, womit Sarah überhaupt nicht umgehen konnte. Und der Reiterverband belegte sie mit einer Sperre wegen unsportlichen Verhaltens.

Als sie bei einem renommierten Turnier von Amazone sogar abgeworfen wurde, als diese ein Hindernis verweigerte, ließ sie ihr Pferd einfach stehen und verließ eiligen Schrittes und vor Wut schäumend den Platz.

Die Zeitungen machten am nächsten Tag mit der Schlagzeile auf:

„Unrühmliches Ende einer Reiterlegende. Sarah Morel musste von ihrem hohen Ross heruntersteigen.“

Und als wäre das nicht schon schmerzhaft genug gewesen, äußerte sich Sarahs Ehemann in einem Interview wie folgt:

„Man muss als Sportler wissen, wo seine Grenzen sind und wann es sinnvoll ist, aufzuhören.“

Sarah ging danach sofort zu ihrem Anwalt und reichte die Scheidung ein.

*****

Dr. Guillaume Renard hatte schon seit mehreren Jahren Kontakt zu „MSF".[28] Diese am 22. Dezember 1971 in Paris gegründete Organisation leistet medizinische Nothilfe in Krisen- und Kriegsgebieten. Hierfür wurde ihr 1999 der Friedensnobelpreis verliehen.

Als die Anfrage an ihn herangetragen wurde, ob er sich an einem Einsatz in der Demokratischen Republik Kongo beteiligen wolle, hatte er zugestimmt.

Das war, bevor er mit Sandrine zur Geburtstagsfeier der kleinen Mimi nach Luzern gefahren war. Und jetzt, nach dem wunderbaren Erlebnis in Auxerre, bereute er diesen Entschluss ein wenig.

Der Tag der Abreise rückte unaufhaltsam näher und mit ihm das schlechte Gewissen, Sandrine davon in Kenntnis setzen zu müssen.

Guillaume war sehr wohl bewusst, wie gefährlich dieser Einsatz werden konnte. Es handelte sich schließlich um den Ebola-Virus, den es in der Stadt Kikwit zu bekämpfen galt.

„Kannst du das nicht wieder rückgängig machen?"

In der Frage Sandrines lagen Sorge und Hoffnung. Sorge, um die Gesundheit ihres Gatten und Hoffnung, das gerade wiedererweckte Pflänzlein „Liebe" weiter nähren zu können.

---

[28] *Médecins Sans Frontières*

„Der Dienst bei „MSF" ist freiwillig, und natürlich könnte ich davon zurücktreten", antwortete Guillaume, *„aber was wäre ich für ein Arzt, und was wäre ich für ein Mensch, wenn ich das täte."*

Sandrine sah Guillaume an. Sie hatte Tränen in den Augen.

„Ich kann mir nicht vorstellen, dass du das möchtest", fügte Guillaume hinzu.

„Natürlich nicht", pflichtete Sandrine mit tränenerstickter Stimme bei, *„verzeih, dass ich so egoistisch war."*

Guillaume umarmte Sandrine.

„Ich verspreche dir, ich werde gut auf mich aufpassen. Und in einem Monat bin ich schon wieder hier. Und wir haben ja noch ein paar Tage bis zu meiner Abreise."

„Ist das dort nicht sehr gefährlich?", fragte Sandrine.

„Nicht wenn man vorsichtig ist", antwortete Guillaume, *„wir tragen alle Schutzkleidung und wir baden täglich in Desinfektionsmittel."*

Guillaume versuchte, mit dieser scherzhaften Erklärung Sandrine zu beruhigen, was aber nicht wirklich funktionierte. Die Erwähnung des Ebola-Virus unterließ er jedoch.

Die noch verbleibenden Tage vor der Abreise verbrachten die beiden gemeinsam. Sie machten lange Spaziergänge und schmiedeten Pläne für die Zeit nach dem Einsatz.

Und dann kam der Tag der Abreise. Sandrine hatte Guillaume zum Flughafen begleitet. Zusammen mit den Frauen der anderen Ärzte verabschiedeten sie die Männer, die ihrem Idealismus und ihrem ärztlichen Eid folgend eine Reise ins Ungewisse antraten.

*****

Sandrine besuchte ihre Mutter im Seniorenheim und war überrascht, als sie in deren trauriges Gesicht sah.

„Was ist los, Maman?", fragte Sandrine, *„geht es dir nicht gut?"*

„Es ist alles in Ordnung, mein Kind", antwortete Rosalie Flaubert und bemühte sich, ein Lächeln in ihr Gesicht zu zaubern.

Sandrine glaubte der Mutter zwar nicht, beließ es aber dabei. Sie erzählte ihr von Guillaume und dessen Reise nach Afrika und dass er dort kranken Menschen helfen wird.

Was Sarah betraf, so vermieden beide Frauen, das leidige Thema anzusprechen.

Als Sandrine das Heim wieder verlassen wollte, traf sie auf Madame Richard, eine der Mitbewohner des Seniorenheims.

Sandrine kannte die Frau, weil sie für sie und die anderen Heimbewohner immer wieder Kuchen und Schokolade mitbrachte, und weil sie sich mit ihrer Mutter angefreundet hatte.

„*Hallo, Madame Richard*", sagte Sandrine, *"wie geht es Ihnen?"*

„*Wie es einer alten Frau halt so geht, Madame Sandrine*", erwiderte Madame Richard, „*ein Zuckerschlecken ist es nicht.*"

Sandrine hatte bemerkt, dass Madame Richard ihr etwas sagen wollte, sich aber nicht traute.

„*Können Sie mir sagen, was mit meiner Mutter los ist?*", fragte Sandrine mit leiser Stimme.

"Das ist aber nett, Madame Sandrine, dass Sie mit mir ein wenig spazieren gehen wollen."

Madame Richard hatte das so laut gesagt, dass es die Pflegerinnen in der Nähe verstehen konnten. Sie hakte sich bei Sandrine ein und zog sie in Richtung Park.

Als sie außer Rufweite waren, schüttete Madame Richard ihr Herz aus.

„*Wissen Sie*", begann Madame Richard mit ihrer Beichte, „*ich habe ja niemanden mehr. Mein Mann ist verstorben und Kinder hatten wir keine. Sie und Ihre süßen Gaben sind der einzige Lichtblick, der mir geblieben ist. Und selbst die bekommen wir nicht immer. Die Schwestern zweigen sich einen großen Anteil davon ab und manchmal geben sie uns gar nichts.*

Die Betten werden auch nicht jeden Tag gemacht. Und das Essen macht auch kein Vergnügen. Man erwartet ja keine Sternenküche; aber schmecken sollte es schon. "

Hier machte Madame Richard eine Pause. Sie sah Sandrine an, die gerade eine Woge der Empörung in sich aufsteigen fühlte.

„*Können Sie Ihre Mutter nicht hier herausholen?* "

Jetzt begann Sandrine zu begreifen. Es waren das Heim und die Betreuung, die ihre Mutter so traurig und verhärmt werden ließen.

Sandrine empfand eine tiefe Scham, als sie die Worte von Madame Richard hörte. Sie erinnerte sich an ihre Kindheit, die so erfüllt und freudenbeladen war, und an ihre Eltern, die ihr das gaben, was Gold und Geld nicht zu ersetzen vermögen - Liebe.

„*Ich werde meine Mutter von hier wegholen*", sagte Sandrine voller Freude, „*und Sie werde ich mitnehmen, Madame Richard.* "

*****

Sarah und Urs Morel wurden geschieden. Urs hatte vor der Hochzeit auf einen Ehevertrag bestanden, und Sarah hatte dem zugestimmt.

Somit wurde bei der Vermögensteilung nur der Teil zugrunde gelegt, der nach der Eheschließung erworben wurde. Das bedeutete, dass das Anwesen am Vierwaldstättersee, nebst der Yacht auf dem See allein bei Urs blieben.

Und was das gemeinsam erworbene Vermögen anging, so hatte Urs Morel schon beizeiten sein Geld in die Karibik verlagert und somit unantastbar für den Fiskus und auch für Sarah gemacht.

Die Summe, die ihr zugesprochen wurde, war dennoch beachtlich, aber im Vergleich zu dem tatsächlichen Vermögen nur ein Almosen.

Das Sorgerecht für Mimi wurde auf beide Elternteile übertragen, wobei Urs keinerlei Interesse daran hatte, es jemals auszuüben.

Sarah nahm das Angebot an, mit Mimi in das Elternhaus ihrer Großmutter Rosalie zu ziehen, und Sandrine verknüpfte die Hoffnung damit, vielleicht doch noch zu einer Familie werden zu können.

Sie hatte Rosalie um deren Erlaubnis gefragt, ob Sarah mit Mimi einziehen dürfte, und Rosalie hatte zugestimmt. Sie hatte ihren Urenkel noch kein einziges Mal gesehen.

*****

Das Gespräch um die Missstände im Seniorenheim der Mutter hatte Sandrine nicht mehr losgelassen. Sie fasst einen radikalen Entschluss.

Sandrine Renard, Gründerin und Besitzerin eines kleinen, süßen Imperiums, verkaufte ihre Firma und legte das Geld an.

Der Gedanke, künftig ihr Leben ganz ihrer Liebe zu Guillaume widmen zu können, indem sie nur noch Ehefrau und Hausfrau wäre, hatte ihr die Entscheidung leicht gemacht.

Als Nächstes meldete sie ihre Mutter, Rosalie Flaubert und deren Freundin, Louise Richard, in derselben Luxus-Seniorenresidenz an, in welcher Guillaumes Mutter vor langer Zeit eingezogen war.

Emma Renard hatte dabei Unterstützungsarbeit geleistet, indem sie sich für die beiden Neuankömmlinge verbürgte. Hinzu kam eine beträchtliche Spende, welche Sandrine der Einrichtung zukommen ließ.

Es dauerte nur wenige Tage, bis Sandrines Mutter ihren Lebenswillen wiedergefunden hatte. Und Louise Richard fühlte sich wie in einem Märchen.

Die drei Frauen verstanden sich prächtig. Emma Renard und Rosalie Flaubert kannten sich ja schon seit vielen Jahren, und Louise Richard fügte sich nahtlos ein. Das gemeinsame Lebensmotto lautete fortan: „La Vie Est Belle."[29]

---

[29] *„Das Leben ist schön."*

Sandrine freute sich, dass die Dinge sich so wunderbar zu entwickeln schienen. Sarah hatte sich im Haus der Großmutter schon eingerichtet und sie hatte mit Sandrine und Mimi sogar Rosalie besucht.

Es war eine tränenreiche Begegnung der vier Generationen, und das Glück schien vollkommen zu sein. Jedoch Friedrich Schiller wusste schon, als er das „Lied von der Glocke" schrieb:

„Doch mit des Geschickes Mächten ist kein ew'ger Bund zu flechten. Und das Unglück schreitet schnell..."

*****

Sandrine und Guillaume hatten vereinbart, dass sie jeden Abend miteinander telefonieren würden.

Es waren jetzt schon drei Wochen vergangen, und der Zeitpunkt ihres Wiedersehens rückte schon greifbar näher. Es war kein Tag vergangen, ohne dass sie am Abend nicht miteinander gesprochen hätten.

Guillaume erzählte Sandrine nichts von seiner gefährlichen Arbeit. Darauf angesprochen, dass er „schlecht aussehe", erwiderte Guillaume, dass es an der unermesslichen Hitze läge, deren sie ausgesetzt wären.

Sandrine hatte sich damit begnügt. Sie erzählte ihm von den wunderbaren Neuigkeiten, dass Sarah wieder zurückgekehrt sei und dass ihre Mutter jetzt mit

Guillaumes Mutter im selben Seniorenheim residierten, und dass alle glücklich und zufrieden wären.

Guillaume teilte die Freude darüber mit Sandrine und fügte hinzu, dass er sich schon sehr nach ihrem Wiedersehen sehnte.

„Halte durch, mein geliebter Toutou. Es sind nur noch wenige Tage, bis wir uns wieder in die Arme schließen können. "

Das waren die letzten Worte, die Sandrine an Guillaume richten konnte.

Die allabendlichen Anrufe waren ausgeblieben. Sandrine hatte sich mehrmals an die Zentrale des „MSF" gerichtet, mit der Bitte, man möge feststellen, warum Guillaume nicht anrief.

Sie wurde jedes Mal damit vertröstet, dass die Telefonverbindung in den Kongo gestört sei und dass der „MSF" mit der Behebung des Problems befasst wäre.

Und dann kam der erlösende Anruf aus Afrika. Es war jedoch nicht Guillaume, es war sein Vorgesetzter, ein gewisser Dr. Mertens aus Belgien.

Er teilte Sandrine mit, dass sich Dr. Guillaume Renard mit dem Ebola-Virus infiziert habe und auf der Intensivstation läge.

Der Schutzanzug musste ein Leck gehabt haben, und so sei eine Infizierung möglich gewesen. Die Überarbeitung und die große Hitze hätten den Verlauf der

Krankheit negativ beeinflusst, und man könne nur hoffen, dass Dr. Renard sich davon erholen würde.

Sandrine war starr vor Entsetzen. Sie musste sich anhalten, damit sie nicht umkippte. Ihre Schläfen pochten und ihr Mund wurde trocken.

„Kann ich meinen Mann besuchen kommen oder vielleicht kurz sprechen?", fragte sie, worauf Dr. Mertens antwortete:

„Weder noch Madame; aber ich werde sie auf dem Laufenden halten."

Damit war das Gespräch beendet. Es war offensichtlich, dass es Dr. Mertens unangenehm war, dieses Gespräch zu führen. Ein weiteres Gespräch folgte nicht…

*****

Sandrine war zu ihrer Mutter gefahren. Madame Bouvier hatte Sandrine davon in Kenntnis gesetzt, dass es ihrer Mutter nicht gut ginge.

„Wie geht es dir, Maman?", fragte Sandrine, die erschrak, als sie ihre Mutter sah. Rosalie hatte sehr viel Gewicht verloren, und das in relativ kurzer Zeit.

„Ich fühle mich nicht so besonders", antwortete Rosalie, *„vermutlich irgendein Infekt. Und das Essen schmeckt mir auch nicht."*

„Das wird schon wieder, Maman", sagte Sandrine, die ihren eigenen Worten ebenso wenig glaubte, wie Emma Renard und Louise Richard, die beide anwesend waren und deren Blicke Bände sprachen.

„Haben dich Sarah und Mimi ab und zu besucht?", fragte Sandrine. Sie hatte Sarah gebeten, sie möge ihre Großmutter besuchen.

„Oh ja", erwiderte Rosalie, *„Mimi ist ganz schön gewachsen."*

„Sie waren ein einziges Mal da", sagte Madame Bouvier, *„mit einem Blumenstrauß von der Tankstelle, der schon halb verwelkt war. Es ist eine Schande."*

In ihren Worten lag Verachtung und in ihrem Gesicht spiegelte sich eine große Wut wieder.

„Sie sind schon nach einer knappen halben Stunde wieder gegangen."

Sandrine suchte die Ärztin auf. Von ihr erfuhr sie, dass Rosalie Krebs habe, der wohl schwierig zu behandeln wäre und wenig Aussicht auf Erfolg habe. Und zudem lehne die Mutter jede Behandlung ab.

Sandrine wusste in diesem Augenblick, dass ihre Mutter auf dem Weg zu ihrem Vater war, und dass sie niemand davon abhalten könnte.

*****

Sandrine bekam wenige Tage später einen Brief der „MSF"-Zentrale in Genf, mit dem ihr mitgeteilt wurde, dass ihr Mann, Dr. Guillaume Renard an den Folgen der Ebola-Virus-Infektion verstorben sei. *„Man bedaure zutiefst, ds ein hervorragender Arzt und Vertreter seines Standes in aufopfernder Weise und im Dienste der Menschlichkeit und der Nächstenliebe sein Leben lassen musste. Man würde ihm ein ehrendes Gedenken bewahren und drücke seinen Hinterbliebenen tiefstes Beileid aus. "*

Im Nachtrag wurde noch erwähnt, dass die Leiche in einem versiegelten Zinksarg nach Paris überstellt werden würde.

Nachdem Sandrine den Brief gelesen hatte, brach sie zusammen. Ein heftiger Weinkrampf löste die Trauer und die Wut, die ihre Seele umklammert hielten.

Sowohl Sandrines Mutter, wie auch die Mutter von Guillaume begleiteten sie zum Flughafen, um den Sarg von Guillaume in Empfang zu nehmen.

Die Leiche war aus Sicherheitsgründen in einen Zinksarg eingelötet und danach in einen Sarg aus Holz gebettet worden. Die drei Frauen fuhren mit dem Sarg zum Cimetière de Limours, um ihn dort aufbahren zu lassen.

Sandrine schmerzte es über die Maße, dass sie Guillaume nicht mehr sehen durfte. Der luftdicht abgeschlossene Zinksarg durfte nicht mehr geöffnet werden.

Zwei Tage später fand die Beerdigung statt. Die Anteilnahme der Bevölkerung war groß. Einzig Sarah nahm nicht daran teil, was bei Sandrine zu großem Verdruss führte. Als Grund für ihr Fernbleiben gab Sarah eine Unpässlichkeit von Mimi an.

Was noch vor Tagen Hoffnung gab, dass Sarah sich wieder in die Familie eingliedern würde, war mit einem Schlag zunichtegemacht worden. Sandrine würde Sarah nie verzeihen, dass sie ihrem Vater auf seinem letzten Gang nicht begleitete.

Rosalie Flaubert lebte nur noch wenige Wochen. Und obwohl Sandrine Sarah auf den zu erwartenden Tod ihrer Großmutter hingewiesen hatte, lehnte sie es ab, sie zu besuchen.

Als sie dann noch der Beerdigung fernblieb, zerbrach das Band zwischen Sandrine und Sarah endgültig.

*****

Die kommenden Tage und Wochen vergingen mit Behördengängen und mit Besichtigungen für das Haus. Sandrine hatte beschlossen, sich davon zu trennen. Sie wollte nicht allein in dem großen Haus leben, in dem außer ihr nur noch die Erinnerungen an schöne Tage mit Guillaume lebten.

Ein Käufer war sehr schnell gefunden. Jetzt galt es nur noch, eine kleine Wohnung nur für sich in der Stadtmitte zu suchen und zu finden.

Und Sandrine hatte Glück. Sie fand genau das Richtige in der Avenue Paul Doumer, in Sichtweite zum Eiffelturm.

Und das Besondere der Wohnung war, dass in unmittelbarer Nähe, vielleicht gerade einmal achtzig, neunzig Meter Entfernung von ihrer Wohnung, der „Cimetière de Passy" lag.

Der Friedhof in der „Rue du Commandant Schloesing" ist einer der berühmtesten in ganz Paris.

Illustre Zeitgenossen, weibliche wie männliche, fanden dort ihre letzte Ruhe. Fernandel, der Schauspieler, Claude Debussy, der Komponist, Èdouard Manet, der Maler, Marcel Renault, der Automobilhersteller, George Romanov, der Neffe von Zar Nikolaus II., um nur einige zu nennen.

Als Sandrine dessen bewusst wurde, beschloss sie, Guillaume dorthin umzubetten. Die Genehmigung dafür erwies sich als schwierig; aber Sandrine schaffte es irgendwie dann doch.

Es gelang ihr, ein Doppelgrab zu bekommen, in dem sie sich irgendwann zu ihrem „Toutou" dazulegen würde. Sie pilgerte jeden Tag dorthin, um ihn zu besuchen.

Wenn das Wetter besonders schön war, verband sie den Besuch ihres Guillaume mit einem Spaziergang durch den Park „Jardins du Trocadéro".

Und manchmal ging sie in das nahegelegene Restaurant „Le Scheffer", um eine Kleinigkeit zu essen. Aber hie und da gönnte sie sich auch einmal etwas Besonderes, wie einen „Raies à la sauce aux câpres."[30]

Aber jeder Tag begann mit einem ganz besonderen Prozedere. Sandrine stellte sich an ihr Fenster, öffnete es und schickte einen Gruß über die Häuser hin zum „Cimetière de Passy", um ihrem Toutou einen wunderschönen Tag zu wünschen.

Es war jetzt schon fast ein Jahr her, dass Sandrine ihren schmerzlichen Verlust erleiden musste, aber die Frage nach dem „Warum" quälte sie noch immer.

Als sie wieder einmal vor dem Grab von Guillaume stand und ihr die Tränen über das Gesicht rannen, trat ein älterer Herr auf sie zu und sagte:

„Es wird nie leichter, Madame."

Sandrine sah in das Gesicht des Mannes. Es war ein gütiges, Gesicht, ein Gesicht, das Vertrauen erweckt.

„Fragen Sie sich auch manchmal nach dem „Warum", Monsieur?"

Der Mann lächelte, wartete einen kleinen Augenblick und sagte dann:

„Manchmal hat es keinen Sinn, nach dem „Warum" zu fragen; es ist ganz einfach nur Schicksal..."

---

[30] *Rochen in Kapernsoße*

Das Hohelied der Liebe (*1 Kor 13,1–13*)

Wenn ich mit Menschen- und mit Engelszungen redete und hätte der Liebe nicht, so wäre ich ein tönendes Erz oder eine klingende Schelle.

Und wenn ich prophetisch reden könnte und wüsste alle Geheimnisse und alle Erkenntnis und hätte allen Glauben, sodass ich Berge versetzen könnte, und hätte der Liebe nicht, so wäre ich nichts.

Und wenn ich alle meine Habe den Armen gäbe und meinen Leib dahingäbe, mich zu rühmen, und hätte der Liebe nicht, so wäre mir's nichts nütze.

Die Liebe ist langmütig und freundlich, die Liebe eifert nicht, die Liebe treibt nicht Mutwillen, sie bläht sich nicht auf, sie verhält sich nicht ungehörig, sie sucht nicht das Ihre, sie lässt sich nicht erbittern, sie rechnet das Böse nicht zu.

Sie freut sich nicht über die Ungerechtigkeit, sie freut sich aber an der Wahrheit; sie erträgt alles, sie glaubt alles, sie hofft alles, sie duldet alles.

Die Liebe höret nimmer auf, wo doch das prophetische Reden aufhören wird und das Zungenreden aufhören wird und die Erkenntnis aufhören wird...

*****